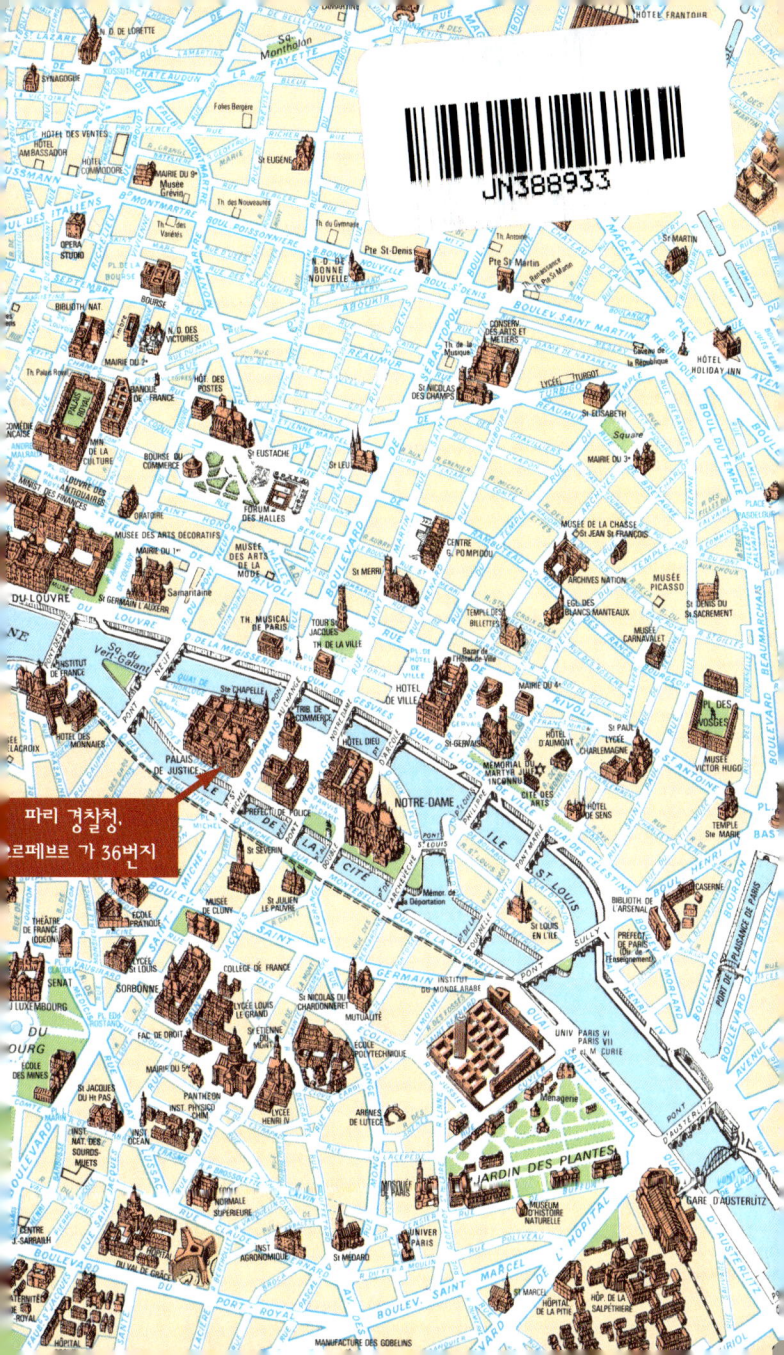

갈레 씨, 홀로 죽다

SIMENON

Maigret

갈레 씨,
홀로 죽다

SIMENON

Maigret

조르주 심농 · 임호경 옮김

매그레 시리즈 02

MONSIEUR GALLET, DÉCÉDÉ by GEORGES SIMENON

Monsieur Gallet, décédé ⓒ 1931, Georges Simenon Limited, a Chorion company.
All rights reserved.
Korean translation entitled 갈레 씨, 홀로 죽다 ⓒ 2011, Georges Simenon Limited,
a Chorion company. All rights reserved.

Paris map ⓒ 1959 Blondel La Rougery

Cet ouvrage est publié avec le soutien de la Communauté française de Belgique.
이 도서는 벨기에 불어권 공동체의 지원을 받아 출간되었습니다.

이 책은 실로 꿰매는 정통적인 사철 방식으로 만들어졌습니다.
사철 방식으로 만든 책은 오랫동안 보관해도 손상되지 않습니다.

1. 고역	7
2. 안경잡이 청년	30
3. 앙리 갈레의 답변	50
4. 왕당파들의 사기꾼	75
5. 짜디짠 연인들	96
6. 담벼락 위의 만남	118
7. 조제프 뫼르스의 귀	136
8. 자코브 씨	157
9. 장난 결혼	183
10. 협력자	201
11. 어떤 거래	221
『갈레 씨, 홀로 죽다』 연보	255
조르주 심농 연보	257

1
고역

매그레 반장과, 그가 몇 주 동안 당황스러우리만치 내밀하게 지내게 될 그 죽은 이와의 최초의 접촉, 그것은 1930년 6월 27일, 아주 평범하고도, 힘들고도, 잊을 수 없는 상황 속에서 일어났다.

그때의 상황이 좀처럼 잊히지 않는 가장 큰 이유는, 당시 수사국에, 스페인 국왕이 27일에 파리를 들른다는 것을 고지하는 한편 이런 경우에 취해야 할 제반 조처를 환기하는 공문들이 일주일 전부터 계속 날아들고 있었기 때문이었다.

공교롭게도 수사국 국장은 과학 수사 관련 학회 참석차 프라하에 있었다. 게다가 부국장마저 아이들 중 하나가 병이 나서 노르망디 해안 지방에 있는 그의 별장에 불려 가 있었다.

반상늘 중에서도 최고참이었던 매그레는 모든 업무를

떠맡지 않을 수 없었다. 그 찌는 더위 속에서, 휴가철이라 최소한으로 줄어들어 있는 인원을 데리고 말이다.

피크퓌스 가에서 한 잡화상 여주인이 살해된 시체로 발견된 때도 바로 이 6월 27일의 새벽이었다.

간단히 말해, 그날 오전 9시, 움직일 수 있는 모든 형사들은 스페인 군주가 도착하기로 되어 있는 부아드불로뉴 기차역으로 나가 있었다.

매그레는 문과 창문을 모두 열어 놓도록 했는데, 그 때문에 바람이 들이쳐 문들은 쾅쾅 닫히고, 서류들은 탁자에서 날아오르고 있었다.

9시 하고 몇 분이 지났을 때, 느베르에서 전보 한 통이 도착했다.

생파르조 센에마른에 주소지를 둔 방문 판매 사원 에밀 갈레가 25일에서 26일 밤사이에 상세르의 라 루아르 호텔에서 살해되었음. 이상한 점들이 많음. 시신 확인을 위해 가족에게 알려 주기 바람. 가급적 파리의 수사관을 보내 줄 것.

매그레로서는 생파르조에 자신이 직접 가는 수밖에 다른 방도가 없었다. 한 시간 전까지만 해도 파리에서 35킬로미터 떨어진 곳에 이런 마을이 존재한다는 사실조차 모르고 있었던 그였다.

그랬으니 열차 시간도 제대로 알고 있을 리 없었다. 리옹 역[1]에 도착해 보니, 지금 막 완행열차가 출발하고 있다는 거였다. 그는 부리나케 달리기 시작하여 맨 뒤의 객차에 간신히 올라탈 수 있었다.

그 정도 뛰었는데도 그는 땀으로 목욕을 하고 있었다. 그리하여 목적지에 닿을 때까지의 시간은 숨을 고르고 손수건으로 땀을 훔치면서 보내야만 했다. 그는 육중한 체구의 소유자였던 것이다.

생파르조 역에서 내린 유일한 승객이었던 그는 지열로 물렁물렁해진 아스팔트 플랫폼 위에서 몇 분을 헤맨 끝에 역무원 하나를 찾아낼 수 있었다.

「갈레 씨요? ······저 택지 개발지의 중앙 통행로, 맨 끝에 있어요. 단독 주택에 명판이 하나 붙어 있고, 거기에 〈레 마르그리트〉[2]라고 쓰여 있지요. 사실 이 근방에 완성된 건물이라곤 그 집이 유일하다고 볼 수 있어요.」

매그레는 웃옷을 벗어 들었다. 그리고 목덜미를 햇볕으로부터 보호하기 위해 중산모 밑에 손수건을 끼워 늘어뜨렸다. 문제의 통행로라는 것은 그 가운데만 사람이 다닐 수 있는, 너비가 약 2백 미터나 되는 허허벌판이었고, 그 위에 나무 그림자 하나 보이지 않았다.

---

1 Gare de Lyon. 프랑스 파리에 있는 기차역.
2 프랑스어로 〈데이지 꽃〉이라는 뜻.

해는 처량한 구릿빛으로 빛나고 있었다. 파리들은 맹렬히 쏘아 대며 소나기를 예고하고 있었다.

이 침울한 배경에 활기를 더하고, 나그네에게 정보를 제공해 줄 인간은 그림자도 보이지 않았다.

택지 개발지라는 것은 또 무엇이었던가? 이는 과거 어느 귀족의 영지였을 성싶은, 드넓은 숲에 불과했다. 거기에 사람들이 마치 바리캉으로 밀듯 기하학적인 통행로의 망을 대충 그어 놓았을 뿐이고, 또 그 위에 미래의 주택들에 빛을 공급할 전선들을 몇 가닥 깔아 놓았을 뿐이다.

그래도 역사(驛舍) 맞은편에는 모자이크 수반들과 분수들로 장식된 광장 하나가 꾸며져 있었다. 널판으로 만든 한 가건물에는 〈토지 매매 사무소〉라고 쓰여 있었다. 그리고 그 옆에 서 있는 마을 지도는, 저 황량한 통행로들에 벌써 정치가들과 장군들의 이름이 붙여졌다는 사실을 알려 주고 있었다.

매그레는 50미터마다 한 번씩 손수건을 꺼내 얼굴을 훔치고는, 땀이 줄줄 흘러내리기 시작하는 목덜미를 다시 덮었다.

여기저기에 삐죽삐죽 솟아 나온 건축물들의 싹이 보였다. 무더위에 지친 석공들이 쌓다 말고 도망간 벽면들이었다.

적어도 2킬로미터는 걸어왔다고 느꼈을 때, 그는 마침

내 레 마르그리트를 발견했다. 기와는 붉고, 건물 구조가 복잡한 것이 어딘가 영국적인 분위기가 느껴지는 단독 주택이었다. 전원풍의 담장을 사이로, 정원과 앞으로 몇 년은 더 이렇게 숲으로 남아 있을 땅이 나뉘어 있었다.

2층의 커다란 창을 통해서는, 반으로 접힌 매트리스가 놓인 침대 하나가 어렴풋이 보였다. 창문턱에는 이불들이 널려 바람을 쐬고 있었다.

그는 초인종을 눌렀다. 서른 살가량으로 보이는 사팔뜨기 하녀가 먼저 현관문의 구멍을 통해 그를 살펴보았다. 이렇게 그녀가 머뭇거리고 있는 동안, 그는 양복 웃옷을 다시 걸쳤다.

「혹시, 갈레 부인이십니까?」

「누구세요……?」

하지만 집 안쪽에서 벌써 어떤 목소리가 흘러나왔다.

「외제니, 누구지?」

그리고 갈레 부인 본인이 현관에 나타나, 턱을 높이 치켜들고 불청객의 설명을 기다리고 있었다.

「뭘 떨어뜨리셨네요.」 그가 모자를 벗느라 부지중에 손수건이 땅에 떨어지자, 그녀가 쌀쌀맞게 지적해 주었다.

그는 손수건을 주워 들고는, 알아듣기 힘든 발음으로 웅얼대면서 자신을 소개했다.

「기농 수사대 매그레 반장입니다. 부인과 몇 마디 말씀

좀 나누고 싶습니다만…….」

「나하고요?」

그리고 하녀에게 고개를 돌리면서 쏘아붙였다.

「거기서 뭐하고 있어?」

이제 매그레의 시선은 갈레 부인에게 집중되지 않으면 안 되었다. 쉰 살 남짓 되어 보이는, 한마디로 불쾌하게 느껴지는 여자였다. 특별한 일이 없는 시간이었다. 또 찌는 듯이 무더웠고, 외딴 단독 주택 근처에 다른 사람은 그림자도 보이지 않았다. 그런데도 그녀는 연보라색 실크 드레스로 무장하고 있었고, 그녀의 회색 머리칼 중 단 한 올도 엄격한 모발의 대열을 벗어나지 않고 있었다. 그리고 목과 코르사주[3]와 두 손에는 번쩍이는 금 사슬과 브로치와 반지들이 주렁주렁 걸려 있었다.

그녀는 마지못한 걸음으로 방문객을 응접실로 인도했다. 뒤따라 걷던 매그레는 문이 하나 열려 있기에 안쪽을 깊숙이 들여다보았다. 황동과 알루미늄 집기들이 반짝이고 있는 백색 주방이었다.

「왁스 칠 시작해도 될까요, 부인?」

「물론이지. 안 될 이유라도 있니?」

하녀는 응접실 옆 식당 안으로 사라졌다. 얼마 되지 않아 테레빈유의 산뜻한 냄새가 집 안 전체에 퍼지면서, 마

[3] 여성들이 입는, 몸에 꼭 맞는 옷의 허리 부분을 가리킨다.

루 위에 무릎을 꿇고 밀랍을 바르는 소리가 들려왔다.

응접실의 가구들은 하나같이 자수 제품으로 덮여 있었다. 벽에는 첫 영성체 예복 차림을 한 어느 사내아이의 확대 사진이 걸려 있었다. 무릎이 툭 튀어나온 껑충하면서도 여윈 체격이었고, 그다지 호감이 가지 않는 얼굴의 소유자였다.

피아노 위에는 그보다 작은 사진 하나가 놓여 있었다. 숱 많은 머리, 희끗희끗한 턱수염, 어깨 쪽이 어색하게 재단된 모닝코트를 입고 있는 남자가 사진의 주인공이었다.

그의 타원형 얼굴은 사내아이의 얼굴만큼이나 기름했다. 또 다른 특징은 거의 충격적이기까지 했다. 얼굴을 반으로 가르는 선, 그것이 사내의 비정상적일 정도로 얇은 입술이라는 사실을 매그레가 깨닫기까지는 얼마간의 시간이 필요했다.

「부군이신가요?」

「네, 제 남편이에요! 그런데 경찰이 웬일로 여기 오셨는지 알고 싶군요.」

그렇게 대화가 이어지는 동안, 매그레의 시선은 종종 그 초상화 쪽으로 향하지 않을 수 없었고, 이것이 바로 그가 죽은 이와 가진 최초의 접촉이었다.

「부인께 한 가지 나쁜 소식을 가지고 왔습니다만······.

지금 부군께선 여행 중이시죠, 그렇지 않습니까?」

「그래요! 얘기해 보세요. 무슨 일이죠?」

「사고가 있었습니다……. 정확히 말하자면 사고는 아니고……. 자, 말씀드릴 테니 마음 단단히 먹으세요.」

그녀는 모조 청동상이 하나 놓인 외다리 탁자 위에 손을 올려놓은 채, 그 앞에 꼿꼿이 앉아 있었다. 그녀의 딱딱한 얼굴에는 경계의 빛이 가득했고, 통통한 손가락들만이 불안스레 꼼지락대고 있었다. 왜 이 순간 매그레의 머릿속에는 문득 이상한 상념이 떠올랐을까? 이 여인은 삶의 전반기에는 날씬한, 심지어는 아주 마른 몸매였는데 나이가 들어 감에 따라 차츰 둔중해졌을 게 분명하다는 엉뚱한 생각 말이다.

「부군께서는 지난 25일에서 26일 밤사이에, 상세르에서 피살되셨습니다……. 그래서 제가 이 소식을 전해 드리는 힘든 일을…….」

반장은 벽에 붙은 초상화 쪽으로 몸을 돌려, 첫 영성체 예복을 입은 아이를 가리키며 물었다.

「아드님이 한 분 계신 모양이죠?」

한순간, 갈레 부인은 지금까지 유지해 온 자세를 흐트러뜨릴 뻔하는 모습을 보였다. 자신의 품위에 필수 불가결하다고 판단하고 있는 듯 보이는 그 빳빳한 자세 말이다. 그녀는 입술 끝만 달싹이며 말했다.

「예, 아들이 하나 있어요……」

그러더니, 목소리가 갑자기 의기양양해졌다.

「지금 상세르라고 하셨죠? 그리고 오늘은 27일이고요. 그렇다면 당신은 뭔가 착각하신 거예요. 잠깐만요……」

그녀는 식당으로 건너가고, 매그레의 눈에는 두 손을 짚고 엎드려 있는 하녀의 모습이 들어왔다. 돌아온 갈레 부인은 방문객에게 우편엽서 한 장을 건넸다.

「이 엽서는 제 남편이 보낸 거예요. 26일, 즉 어제의 소인이 찍혀 있죠. 그리고 소인은 루앙 우체국 거고요.」

그녀는 흘러나오는 미소를 거의 억누르지 못하고 있었다. 감히 자기 집을 침입한 경찰관을 능멸할 수 있었던 것에 대한 기쁨의 미소였다.

「분명히 갈레라는 이름을 가진 다른 사람이겠죠. 그게 누군지는 잘 모르겠지만요……」

그녀는 당장에라도 문을 열어 불청객을 밀어내고 싶은 듯, 현관 쪽을 힐끔 쳐다보았다.

「부군의 성함이 에밀이죠? 그리고 그분의 신분증에는 직업이 방문 판매 사원이라고 적혀 있고요?」

「그럼요! 그 사람은 닐 사(社)의 대리인으로, 노르망디 전역을 관할하고 있죠.」

「죄송하지만 부인, 지금 부인이 잘못 생각하고 계신 것 같습니다……. 상세르까지 서와 동행해 주십사 부탁드려

야겠군요. 제게나 부인에게나 모두 필요한 일이죠……」

「하지만, 이렇게……」

그녀는 루앙의 옛 시장 풍경을 담고 있는 엽서를 흔들어 보였다. 제대로 닫히지 않은 식당의 문틈을 통해 때로는 하녀의 엉덩이와 두 다리가, 때로는 머리와 얼굴을 가린 머리칼이 나타나곤 했다. 밀랍이 흠뻑 묻은 천이 마룻바닥 위를 미끄러지는 소리도 들렸다.

「저 역시 이것이 착오이기를 진심으로 바라고 있습니다. 하지만 사망자의 호주머니에서 발견된 신분증은 분명히 부군의……」

「누군가가 훔쳤을 수도 있잖아요?」

하지만 자신도 모르는 사이에 그녀의 음성에는 불안감이 어른대기 시작하고 있었다. 그녀는 초상화를 흘깃 쳐다보는 매그레의 시선을 따라가더니, 이렇게 말했다.

「저 사진을 찍을 때부터 그이는 벌써 몸이 안 좋아 식이 요법을 하고 있었죠……」

「점심 식사를 하고 싶으시다면, 제가 한 시간 후에 모시러 오면 어떨까요?」

「아뇨, 천만에요! 정말로 제가 가야 한다고 생각하신다면……. 외제니! 내 검정 실크 외투 준비해! 또 내 핸드백하고 장갑도!」

매그레는 이 사건에 전혀 흥미를 느끼지 못하고 있었다. 기분 나쁜 사건의 특징이란 특징은 죄다 갖추고 있는 사건이었던 것이다. 턱수염 사내(아파서 식이 요법 중이라는!)와 첫 영성체 예복 차림을 한 꼬마의 모습도 어쩌다가 기억에 남게 되었을 뿐이다.

　이제 그가 거쳐야 하는 모든 절차는 고역(苦役)의 양상을 띠고 있었다. 우선 점점 더 숨이 막히는 더위 속에서 예의 그 통행로를 따라 역까지 걸어가야만 했다. 이번에는 양복 웃옷을 벗을 수도 없었다. 35분 동안 믈룅 역사의 벤치에 앉아 기차를 기다리는 일도 따분하기 그지없었다. 거기서 그는 샌드위치와 과일, 보르도 포도주 한 병이 담긴 바구니를 하나 샀다.

　오후 3시, 그는 일등 객차 안에서 갈레 부인과 마주 앉아 있었다. 기차는 상세르를 거치는 물랭행 간선 철로 위를 달려갔다.

　차창을 닫아 놓고, 커튼도 쳐놓았다. 하지만 시원한 공기를 콧김만큼이라도 느끼게 되는 일은 그야말로 가물에 콩 나듯 했다.

　매그레는 호주머니에서 파이프를 꺼냈다. 하지만 동행인을 흘깃 보고는, 그 앞에서 담배를 피우겠다는 생각을 즉각 접어 버렸다.

　기차가 한 시간째 달렸을 즈음, 그녀는 마침내 솜 더

사람 냄새가 느껴지는 목소리로 물었다.

「이 일을 어떻게 설명하시겠어요?」

「지금까지는 저로선 설명드릴 게 아무것도 없습니다, 부인. 전 아무것도 몰라요. 아까도 말씀드렸듯이, 이 범죄는 25일에서 26일 사이의 밤에 라 루아르 호텔에서 일어났어요.

지금은 우리 경찰도 휴가철입니다. 게다가 지방 검찰쪽 사람들은 일을 그렇게 서두르는 편은 아니죠……. 수사국은 오늘 아침에야 연락을 받았습니다.

그런데 부군께서는 부인에게 우편엽서를 보내는 습관이 있으셨나요?」

「출타 중일 때는 항상 보냈어요.」

「여행을 많이 하셨나요?」

「대략 한 달에 3주 정도는요. 루앙에 가서 라 포스트 호텔에 묵곤 했지요. 20년 전부터 줄곧 그래 왔단 말이죠! 그곳을 중심으로 해서 노르망디 전역을 돌아다니곤 했어요. 하지만 가급적 저녁때는 루앙에 돌아갔지요.」

「아드님이 한 분뿐인가요?」

「아들 하나요. 파리에서 은행 일을 하고 있어요.」

「생파르조의 집에서 같이 지내지 않나요?」

「매일 오가기에는 거리가 좀 멀죠. 하지만 매주 일요일은 우리와 함께 보내고 있어요.」

「뭣 좀 드시겠습니까?」

「사양하겠어요!」 그녀는 마치 무례한 일을 당하기라도 한 듯한 어조로 내뱉었다.

사실 매그레로서도 그녀가 아무나처럼 샌드위치 조각을 우물거리고, 철도 회사의 기름 먹인 종이컵에 담긴 미지근한 포도주를 마시는 모습은 쉽게 상상이 되지 않았다.

그녀에게 있어서 품위란 매우 중요한 개념이라는 사실을 느낄 수 있었다. 그녀는 미인이 아니었고, 젊었을 때도 그러했을 것이다. 하지만 얼굴의 윤곽은 반듯한 편이었고, 지금처럼 경직된 모습이 아니라면 모종의 매력도 없지 않았을 터였다. 그녀의 용모에 감돌고 있는 어떤 우수, 고개를 옆으로 살짝 기울인 태로 인해 더욱 강조되고 있는 그 우수 덕분에 말이다.

「왜 내 남편을 죽였을까요?」

「그에게 적이 될 만한 사람을 알고 계시나요?」

「적도 없고 친구도 없어요. 우린 세상에서 떨어져 살고 있어요. 전후(戰後)[4]의 거칠고도 천박한 시대가 아닌, 또 다른 시대를 경험한 모든 이들이 그러하듯 말이죠.」

「아!」

기차 여행은 오래도 계속되었다. 매그레는 파이프 연기를 내뿜기 위해 여러 차례 객차 복도를 들락거려야 했

---

4 제1차 세계 대전을 가리킨다.

다. 그의 부착식 옷깃[5]은 열기와 엄청난 양의 땀으로 인해 누글누글해져 있었다. 그는 그늘에서도 33도 혹은 34도를 육박하는 더위를 의식조차 못하고 있는 듯 보이는 갈레 부인이 부러울 지경이었다. 그녀는 처음에 취했던 자세에서 한 치도 흐트러짐이 없었다. 마치 버스 좌석에 앉아 있듯, 무릎 위에는 핸드백을, 또 핸드백 위에는 손을 올려놓고, 고개를 객차 문 쪽으로 약간 돌리고 있는 자세였다.

「그 사람…… 어떻게 살해되었나요?」

「전보에 그 내용은 없었습니다. 제가 이해한 바로는, 그분이 사망한 걸 오늘 아침에 발견한 것 같아요.」

갈레 부인은 흠칫 몸을 떨더니, 입을 반쯤 벌린 채 한동안 숨을 고르려 애쓰고 있었다.

「내 남편일 리가 없어……. 이 엽서가 증거 아닌가요? 사실 내가 이렇게 따라나설 필요도 없었는데…….」

정확히 왜인지는 모르겠지만, 매그레는 피아노 위의 사진을 가져오지 않은 것이 후회가 되었다. 벌써 기억 속에서 그의 얼굴 윗부분을 재구성하는 일이 쉽지가 않았던 것이다. 반면 그의 지나치게 긴 입매, 빽빽한 턱수염, 모닝코트의 어색하게 재단된 어깨 부분은 선명하게 떠올랐다.

---

[5] 셔츠에 자유롭게 부착하고 뗄 수 있는 옷깃으로 셀룰로이드 등으로 만든다. 주로 세탁을 자주 하는 수고를 덜기 위해 사용되었다고 한다.

기차가 트라시상세르 역에 정차한 것은 저녁 7시였다. 거기서 또다시 도로 1킬로미터를 걷고, 루아르 강 위에 걸쳐진 현수교를 건너야 했다.

루아르 강이 보여 주고 있는 것은 어떤 도도(滔滔)한 강의 모습이 아니었다. 그것은 농익은 밀의 색깔을 띤 모래톱들 사이를 생기 있게 흐르는 무수한 시냇물들이었다.

작은 섬들 중 하나에서, 옅은 황색 무명 양복을 입은 한 남자가 낚싯대를 드리우고 있었다. 라 루아르 호텔도 눈에 들어왔다. 그 노란색 전면이 강둑을 따라 우뚝 서 있었다.

태양 광선은 좀 더 기울어져 있었다. 하지만 물안개로 더욱 후텁지근해진 공기는 호흡하기 힘들 정도였다.

이제 갈레 부인이 앞장서서 걸었다. 호텔 근처에서 한 남자가 누군가를 기다리는 듯 왔다 갔다 하는 것을 본 매그레는 얼굴이 절로 찌푸려졌다. 이 지역에서 근무하는 자기 동료임에 분명한 저 사람의 눈에, 자신과 이 여자는 지금 얼마나 우스꽝스러운 한 쌍으로 비칠 것인가.

밝은색 옷차림의 휴가객들이 보였다. 특히 가족들이 눈에 많이 띄었는데, 테라스 유리 천장 아래의 식탁들에 둘러앉아 있었다. 그 사이로는 하얀 앞치마를 두르고 보닛을 쓴 웨이트리스들이 분주히 돌아다니고 있었다.

갈레 부인은 호텔 이름이 여러 클립들의 바그로 눌러

싸여 있는 간판을 보고는, 곧장 호텔 문 쪽으로 걸어갔다.

「수사국에서 오셨습니까?」 서성거리고 있던 사내가 매그레를 멈춰 세우며 물었다.

「네, 그런데요?」

「시신을 시청으로 옮겼어요. 8시에 부검이 있으니 서두르세요. 지금 가야만 시간이 겨우 맞을 겁니다.」

죽은 자와 대면하는 시간! 이때가 오면, 매그레는 어떤 힘들고도 무미건조한 임무를 수행하는 사람처럼 발걸음이 축축 늘어지곤 했다.

그는 이 죽은 이와의 두 번째이자 마지막이 된 접촉을 훗날 세세하게 회상해 볼 기회를 갖게 될 것이다.

그날 오후, 마을은 소낙비가 잦은 날씨 특유의 눈부신 햇빛에 잠겨 강렬한 흰색으로 빛나고 있었다. 닭이며 거위들이 널찍한 도로를 건너고 있었다. 또 50여 미터 떨어진 곳에 구멍처럼 나 있는 그늘에서는 파란 앞치마를 두른 두 사내가 말굽에 편자를 박고 있었다.

시청 앞 노천카페의 테이블에는 사람들이 앉아 있었다. 붉은 줄과 노란 줄이 번갈아 그어진 차양의 그늘에서는 시원한 맥주, 향긋한 아페리티프에 둥둥 떠 있는 얼음 조각, 그리고 파리에서 도착한 신문 등이 뒤섞인 분위기가 퍼져 나오고 있었다.

광장 중앙에는 자동차 세 대가 주차되어 있었다. 약국을 찾아가고 있는 어느 간호사의 모습도 보였다. 시청에 들어서니, 한 여인이 회색 타일이 깔린 복도를 물을 흥건히 해놓고서 닦고 있었다.

「말 좀 묻죠……. 시체는?」

「뒤쪽에요! 학교의 안쪽 운동장에 있어요. 다른 양반들도 거기 계시고. 이쪽으로 가시면 돼요.」

이렇게 말하면서 그녀는 문 하나를 가리켰다. 그 위에는 〈여학생〉이라고 쓰여 있었고, 건물의 다른 동(棟)으로 통하는 입구에는 〈남학생〉이라고 쓰여 있는 게 보였다.

갈레 부인은 대뜸 앞장섰다. 예상외로 자신에 찬 모습이었다. 하지만 매그레가 짐작하는 바는 달랐다. 지금 이 여자는 일종의 현기증 속에서 정신없이 발을 놀리고 있는 게 아닐까?

여인이 알려 준 학교 내정에 이르러 보니, 가운 차림의 의사가 무언가를 기다리는 사람처럼 왔다 갔다 하면서 담배를 피우고 있었다. 때때로 아주 섬세해 보이는 두 손을 맞비비기도 하면서.

한 탁자 위에 흰 시트로 덮인 시체가 놓여 있었고, 그 곁에서 다른 두 사람이 나지막이 대화를 나누고 있었다.

매그레 반장은 맹렬히 나아가는 동행인의 발걸음을 늦춰 보고 싶었지만, 그럴 틈이 없었다. 벌써 학교 내정에 이른 그녀는 탁자 앞에서 잠시 멈칫하더니, 호흡을 멈추고는, 시체 얼굴 윗부분께의 시트를 느닷없이 들어 올리는 거였다.

그녀는 비명을 지르지 않았다. 얘기하고 있던 두 남자는 놀란 기색으로 그녀를 돌아보았다. 의사는 고무장갑을 끼더니 한쪽 문에다 대고는 빽 소리를 질렀다.

「앙젤 양은 아직도 돌아오지 않았소?」

그가 장갑 한 짝을 벗고 다시 담배 한 대를 피워 물고 있을 때, 갈레 부인은 뻣뻣하게 굳어 꼼짝도 못하고 있었고, 매그레는 언제든지 달려들어 도와줄 채비를 하고 있었다.

그녀는 갑자기 그에게 몸을 홱 돌렸다. 그리고 증오 가득한 얼굴로 그에게 소리쳤다.

「어떻게 이런 일이 가능하죠? 누가 감히……?」

「자, 부인……. 분명히 부군, 맞으시죠?」

그녀의 눈동자가 이리저리 움직이기 시작했다. 그녀는 두 사내와, 흰 가운의 의사와, 엉덩이를 흔들면서 걸어 들어오는 간호사를 번갈아 쳐다보았다.

「무얼 하려고 하는 거죠?」 그녀는 좀 더 허스키해진 목소리로 물었다.

매그레가 거북하여 금방 대답하지 않고 어물대자, 그녀는 마침내 남편의 시체 위로 몸을 던졌다. 그러고는 내정을 향해, 이어 거기 모여 있는 사람들에게 분노의 시선을 던지며 울부짖었다.

「난 원치 않아! 난 원치 않는다고요!」

사람들은 그녀를 강제로 끌고 가 복도 물청소를 하고 있던 수위 여인에게 맡겨야만 했다. 매그레가 운동장에 돌아왔을 때, 얼굴에 마스크를 쓴 의사의 손에는 메스가 들려 있었고, 간호사는 무광택 유리로 된 작은 병 하나를 그에게 내밀고 있었다.

이때 반장의 발끝에 무언가가 툭 채였다. 연보랏빛 리본과 인조 다이아몬드 브로치로 장식된, 조그만 검정 실크 모자였다.

그는 부검을 참관하지 않았다. 해거름이 머지않았고, 의사는 이렇게 선언해 놓고 있었다.

「난 느베르에서 일곱 사람하고 저녁 식사 약속이 있어서……」

다른 두 사람은 수사 판사와 그의 서기였다. 악수를 나눈 판사는 몇 마디 던지는 데에 그쳤다.

「이미 수사하기 시작한 이 지역 경찰을 보시게 될 겁니다! 뭐랄까, 지독할 정도로 감이 안 잡히는 사건이네요.」

시트를 끌어내리자 그 밑에 벌거벗은 시체가 드러났다. 그 음울한 대면은 단 몇 초 동안 지속되었다. 그의 몸은 사진을 보고 상상했던 모습 그대로였다. 말라서 뼈가 두드러진 길쭉한 체형, 사무직 특유의 푹 꺼진 앙가슴, 창백한 피부, 그래서 더욱 짙게 보이는 턱, 하지만 다른 곳과는 달리 불그스레한 가슴팍의 털.

얼굴에서 성한 곳은 반쪽뿐이었다. 총상으로 왼쪽 뺨이 통째로 떨어져 나간 것이다.

눈은 열려 있었다. 잿빛 눈동자에는 생기가 완전히 사라져 있었다. 하기야 눈빛에 맥이 없기로는 사진 속의 눈도 별반 차이가 없었지만 말이다. 갈레 부인은 이렇게 말하지 않았던가.

〈그는 아파서 식이 요법 중이었어요……〉

마지막으로 왼쪽 가슴 아래에, 칼날이 들어간 듯, 반듯하고도 분명한 형태의 상처 하나가 나 있었다.

매그레 뒤에 선 의사는 마음이 급한 듯 안절부절못하고 있었다.

「보고서를 당신에게 보내야 하오? 어느 주소로 보내죠?」

「라 루아르 호텔로 보내시오.」

수사 판사와 서기는 입을 다물고 짐짓 딴 데를 바라보고 있었다. 건물 밖으로 나가려던 매그레는 문을 착각하여 긴 의자들이 줄지어 놓여 있는 어느 교실로 들어가고 말았다.

그런데 그곳이 너무도 서늘하여, 그는 〈추수〉, 〈겨울

농장〉, 〈마을 장날〉 같은 주제들을 표현한 착색 석판화들 앞에서 잠시 어정거렸다.

한 선반 위에는 나무, 스테인리스, 철 등으로 만든 각종 도량형기가 순서대로 놓여 있었다.

반장은 땀을 훔쳤다. 그렇게 교실 문을 나서고 있는데, 그를 찾아다니던 느베르 경찰의 형사와 딱 마주쳤다.

「이야, 드디어 오셨구만! 이제 마누라가 기다리고 있는 그르노블에 갈 수 있게 됐네요! 아세요? 어제 아침 우리가 통화했을 때, 사실 전 휴가를 떠나려던 참이었다고요!」

「뭐 찾아낸 거라도 있소?」

「전혀 없어요! 아시게 되겠지만, 이건 되게 이상한 사건이에요. 같이 저녁 식사 하실 생각 있으시다면, 가서 세부적인 점들을 말씀드리죠. 뭐 딱히 세부라고 할 만한 건 별로 없지만……. 훔쳐 간 게 하나도 없어요! 아무도 본 사람이 없고, 아무 소리도 나지 않았어요. 그리고 그 양반이 살해되어야 할 이유는 짐작조차 할 수 없고요. 한 가지 특별한 점이 있긴 해요. 뭐 대단한 단서가 될 것 같지는 않지만……. 그 양반은 가끔씩 라 루아르 호텔에 묵을 때마다 가명을 사용했어요. 오를레앙에 거주하는 연금 생활자인 클레망 씨라는…….」

「자, 가서 아페리티프[食前酒]나 한잔합시다!」 매그레가 제안했다.

그는 아까 언뜻 보았던 노천카페의 그 유혹적인 분위기를 떠올렸던 것이다. 그곳이라면 이 무더위 속에서 이상적인 쉼터가 될 수 있으리라.

하지만 잠시 후, 응결된 습기로 뿌예진 맥주잔을 앞에 놓고 앉으니, 기대했던 것만큼의 만족감은 느껴지지 않았다.

「세상에 이렇게 사람 맥 빠지게 하는 수사는 또 없을 겁니다.」 그의 동료는 후 하고 한숨을 내쉬었다. 「제가 가더라도 새로운 소식이 있으면 좀 전해 주세요! 정말이지 뭐, 실마리가 보이지 않네요. 그리고 그 사람이 살해됐다는 사실 말고는, 이곳에서 다른 특별한 일이 일어난 것도 없고요…….」

매그레 반장은 그의 말에 전혀 귀 기울이지 않고 있었다. 하지만 형사는 눈치채지 못하고 몇 분 동안을 계속 그런 어조로 떠들어 댔다.

거리에서 한 번 마주쳤을 뿐인데도 그 모습이 좀처럼 잊히지 않는 사람들이 있다. 매그레가 에밀 갈레에게서 본 것은 다만 사진 한 장, 반쪽만 남은 얼굴, 그리고 창백한 몸뚱이였을 뿐이다.

그런데 그 사진은 그의 머릿속에 너무도 생생하게 남아 있었다.

그리고 지금 매그레는 바로 이 사진 속의 인물을 되살

려 보려고까지 하고 있었다. 생파르조 자택의 식당에서 아내와 마주 앉아 있는, 혹은 역에서 기차를 타러 집을 나서는 에밀 갈레의 모습을 떠올려 보려 애쓰고 있었다.

언뜻, 그의 얼굴 윗부분이 보다 분명하게 보였다. 그의 눈 아래에서 납빛 다크서클을 보았던 것 같은 느낌조차 들었다.

「맞아! 그건 분명히 간 질환이야!」 그는 자신도 모르게 불쑥 내뱉었다.

「어쨌든 그가 죽은 건 간 질환 때문은 아니죠!」 느베르의 형사는 발끈하며 쏘아붙였다. 「간 질환이 있다고 해서 얼굴 반쪽이 날아가고, 심장이 꿰뚫리는 건 아니잖습니까!」

광장 한복판에서는 회전목마가 철거되고 있었고, 경품 사격장 등에 불이 들어오고 있었다.

2
안경잡이 청년

두세 그룹만이 아직도 호텔 테라스에 앉아 노닥거리고 있었다. 건물 2층의 방들에서는 잠자리에 들지 않으려 버티는 아이들이 발하는 항의의 소리가 흘러나오고 있었다.

「이 녀석아, 아까 그 뚱뚱한 아저씨 못 봤어? 경찰관 아저씨야! 널 감옥에다 가둘 거라고……」

음식을 우물거리면서 이따금 주위의 풍경에 무심한 시선을 던지곤 하는 매그레의 귀에는 끈덕진 웅얼거림이 계속 흘러들고 있었다. 느베르 경찰서의 그르니에 형사는 오직 입을 놀리는 즐거움을 위하여 지껄이고 있었던 것이다.

「아, 뭔가 도둑맞은 거라도 있었으면 얼마나 좋았겠어요? 그럼 일이 애들 장난처럼 간단해질 텐데요. 오늘이 월요일이죠. 범죄는 토요일에서 일요일로 넘어가는 밤에 일어났고요. 축제 중이었어요. 이런 때면 이런 축제 장터를 전전하는 장돌뱅이들뿐 아니라 ― 난 원칙적으론 그들도 경계합니다 ― 온갖 종류의 인간들이 어슬렁거리지요. 반장님은 이런 시골 사정을 잘 모르시죠? 파리의 뒷골목에서보다도 훨씬 고약한 인간들을 만날 수 있는 곳이 바로 여기일 겁니다.」

「결국.」 매그레가 말을 끊었다. 「축제가 없었더라면 범죄 사실이 금방 발견되었겠군.」

「네? 무슨 말씀이시죠?」

「경품 사격 소리, 폭죽 터뜨리는 소리에 사람들이 총성을 듣지 못한 거요. 갈레는 머리에 입은 총상으로 죽은 게 아니라고 아까 말하지 않았소?」

「의사는 그렇게 주장하고 있어요. 부검 결과가 나오면 확실히 알 수 있겠죠. 그 사람은 먼저 머리에 총알 한 발을 맞았어요. 하지만 두세 시간은 더 생존해 있었을 수도 있다고 해요. 그런데 곧바로 심장에 정통으로 칼침을 맞았고, 그 즉시 절명해 버린 거예요. 칼은 발견되었습니다.」

「권총은?」

「아무리 찾아도 없더군요.」

「칼은 호텔 방에 있었소?」

「시체에서 몇 센티미터 떨어진 곳에요. 갈레의 왼쪽

손목에 반상 출혈 자국이 몇 군데 있어요. 아마 그가 총상을 입은 후 칼을 휘두르며 자기를 공격하는 사람에게 덤벼들었겠지요. 하지만 이미 힘이 빠진 상태라……. 살해범은 그의 손목을 붙잡아 뒤로 꺾어서는 가슴을 쑤셨겠죠. 이건 내 의견일 뿐 아니라, 의사의 의견이기도 합니다.」

「결국 축제가 없었다면 갈레는 죽지 않을 수도 있었다는 얘기군!」

매그레는 어떤 절묘한 추론을 전개해 볼 뜻도 없었고, 이를 통해 그의 시골 동료를 놀라게 할 뜻도 없었다. 단지 이 뜬금없는 생각이 문득 떠올랐을 뿐이고, 그 생각을 막연히 따라가 보면 어떤 결론에 이르게 될지 궁금했을 따름이다.

회전목마와 사격과 폭죽이 발하는 요란한 소리가 없었다면, 총성은 사람들의 귀에 들렸을 것이다. 호텔 사람들은 달려갔을 것이고, 어쩌면 희생자가 칼을 맞기 전에 개입할 수 있었을지도 모른다.

밤의 어둠이 내려와 있었다. 강의 수면에는 달그림자 몇 조각이 어른대고 있었고, 다리 양쪽 끝에 세워진 두 가로등 불빛도 보였다. 카페 안에서는 손님들이 당구를 치고 있었다.

「하여간 희한한 사건이에요!」 그르니에 형사가 결론을

내렸다. 「근데 지금 11시가 된 건 아니겠죠? 제가 탈 기차는 11시 32분에 출발하는데, 역까지 가려면 15분은 걸리거든요. 그러니까 아까 제 얘기를 계속해 보자면, 뭔가 사라진 거라도 있었다면······.」

「축제 장터 부스들은 보통 몇 시에 문을 닫소?」

「자정에요! 규정이 그래요.」

「즉, 살인은 자정 이전에 범해졌고, 따라서 호텔에 있는 모든 사람이 아직 잠자리에 들지 않고 있었겠군.」

두 남자는 각자 생각의 흐름을 따라가고 있었고, 그래서 대화는 뒤죽박죽으로 진행되었다.

「그가 사용한 클레망 씨라는 이름도 희한하기는 마찬가지고······. 아마 여기 사장한테 들으셨겠지만······. 그는 이따금 이곳에 묵곤 했어요······. 대략 여섯 달에 한 번 꼴로······. 이곳에 처음 나타난 것은 10년 전이고요······. 그때도 클레망이라는 이름을 사용했죠. 오를레앙에 거주하는 연금 생활자, 클레망 씨······.」

「혹시 트렁크를 들고 다니지 않았소? 방문 판매 사원들이 보통 들고 다니는 그런 종류의?」

「방에서 그런 건 전혀 못 봤어요. 하지만 호텔 주인장이라면 뭔가 얘기해 줄 수 있겠죠······. 어이, 타르디봉 씨! 잠깐만 이리 와봐요! 이분은 파리에서 오신 매그레 반장님이신데, 사장님힌데 물어볼 게 하나 있대요. 클레망 씨가 보통 방문 판매 사원용 트렁크를 들고 다녔나요?」

「은기(銀器) 제품이 들어 있는 가방 말이오.」 매그레가 부연했다.

「아뇨. 항상 옷가지를 넣는 평범한 여행 가방을 들고 다녔어요. 외관에 상당히 신경을 쓰는 분이었거든요. 그러고 보니, 짧은 재킷을 입은 걸 본 적이 거의 없는 것 같네요. 항상 검은색이나 진회색 모닝코트 차림이었죠.」

「고마워요!」

매그레는 갈레 씨가 노르망디 지역을 담당하는 총대리인으로 근무했다는 그 닐 사에 대해서도 생각해 보았다. 선물용 세공품 나부랭이를 전문으로 취급하는 회사였다. 딸랑이, 장식용 머그잔, 은제 식기 세트, 과일 바구니, 식탁용 나이프 세트, 타르트 삽 등등…….

매그레는 웨이트리스가 앞에 갖다 놓은 콩알만 한 아몬드 케이크 조각을 한입에 삼킨 다음, 파이프에 담배를 꽉꽉 채워 넣었다.

「술 한잔 하시겠습니까?」 타르디봉이 물었다.

「뭐, 원하신다면…….」

호텔 주인은 직접 가서 병 하나를 들고 와서는, 두 경찰이 앉아 있는 테이블에 자기도 앉았다.

「그러니까, 앞으로 반장님께서 수사를 진행하시는 건

가요? 아, 근데 이게 웬 날벼락이랍니까? 그것도 막 성수기가 시작되고 있는 이런 때에 말이죠. 사실 오늘 아침만 해도 고객이 일곱 명이나 저쪽 코메르스 호텔로 옮겨 가버렸어요! ……자, 건배하죠! 그 클레망 씨에 대해서는……. 난 그분을 이렇게 부르는 게 습관이 되어 있거든요……. 그리고, 이게 그 사람 본명이 아닐지 누가 꿈인들 꿨겠습니까?」

테라스에 남은 사람 수가 갈수록 줄어들고 있었다. 웨이터 하나가 테이블 사이에 두는 월계수 화분 상자들을 벽 쪽으로 밀어붙여 정리하고 있었다. 강 건너편에는 화물 열차가 지나가고 있었다. 세 남자의 눈은 언덕 발치를 길게 달려가는 그 불그레한 빛무리를 기계적으로 쫓았다.

타르디봉은 명문 귀족가의 요리사로 경력을 시작한 사람이었다. 그래서인지 그의 태도에는 뭔가 정중하게 격식을 차리는 구석이 있었다. 이를테면 말할 때 상대방 쪽으로 몸을 지그시 기울여 주는 자세 같은 것 말이다.

「가장 기막힌 일은 말입니다.」 그는 손바닥으로 아르마냑 잔을 슬슬 굴려 데우며 말을 이었다. 「하마터면 이 사건이 일어나지 않았을 수도 있었다는 사실입니다.」

「아, 장터 축제?」 그르니에는 촐싹대며 말하면서 반장에게 한쪽 눈을 찡긋했다.

「지금 무슨 말씀 하시는지 잘 모르겠는데요……. 아뇨,

그건 아니고…… 토요일 아침에 클레망 씨가 왔을 때, 난 그에게 〈푸른 방〉을 내주었어요. 우리끼리 쓰는 표현으로 〈쐐기풀 길〉 쪽으로 창이 나 있는 방이죠……. 저기 왼쪽으로 보이는 저 길입니다……. 우리가 그렇게 부르는 이유는, 더 이상 사용하지 않게 된 이후 길이 쐐기풀에 온통 뒤덮여 버렸기 때문이죠.」

「더 이상 사용하지 않는 이유가 뭡니까?」 매그레가 물었다.

「저 길이 끝나는 지점 바로 뒤쪽에 성벽이 하나 보이시죠? 그게 드 생틸레르 씨가 소유한 저택의 벽입니다. 우리 고장에서는 〈작은 성〉이라는 이름으로 더 많이 부르죠. 〈작은 성〉이라는 명칭은 언덕 위에 있는 상세르 고성(古城)을 일컫는 〈큰 성〉과 구별하기 위한 거고요. 여기서도 그 저택의 작은 성탑들이 보입니다……. 아주 멋진, 널찍한 정원도 있지요. 과거, 이 라 루아르 호텔이 존재하지 않았을 때에는, 그 정원이 여기까지 내려왔어요. 그리고 단철 철책으로 된 정문이 저 쐐기풀 길이 끝나는 지점에 서 있었고요. 그 철책 문은 아직도 있는데 더 이상 사용하지는 않아요. 여기서 5백 미터 떨어진 강변로에 다른 입구를 냈기 때문이죠…….

간단히 말해서, 전 클레망 씨에게 그쪽으로 창이 나 있는 푸른 방을 내줬어요. 조용한 방이죠. 길이 아무 데로

도 통하지 않아 지나가는 사람이 없으니까요…….

그런데 그날 오후, 그 양반은 웬일인지 제게 오더니 다른 방이 있느냐고 묻는 거예요. 안뜰 쪽으로 나 있는 방 말이죠.

그런데 빈 방이 없었어요. 겨울에는 맘대로 골라잡을 수 있죠. 몇몇 단골 외에는, 정해진 날짜에 지역을 도는 방문 판매 사원들이나 가끔 들르니까……. 하지만 여름엔 사정이 다르죠! 아세요? 우리 고객 대부분은 파리에서 오신 분들이랍니다! 그럼요! 세상에 루아르 강의 공기만 한 게 없죠…….

하여튼 그래서 난 클레망 씨에게 방을 바꾸는 건 불가능하다고 대답해 줬어요. 그리고 그 방이 가장 쾌적한 방이라는 사실도 알려 주었죠.

안뜰에는 닭과 거위들이 있고……. 우물에서 항상 물을 퍼 올리는데, 쇠사슬에 기름칠을 열심히 하고는 있지만 삐걱거리는 소리는 어쩔 수 없으니까요…….

그는 더 이상 요구하지 않았어요. 그때 만일 안뜰 쪽으로 방이 하나 있었다면…… 그는 죽지 않았을 텐데 말이죠!」

「그건 왜죠?」 매그레가 중얼거리듯 되물었다.

「총이 최소한 6미터 거리에서 발사되었다는 말, 못 들으셨어요? 방의 길이는 5미터에 불과해요. 따라서 살인범은 바깥에 있었다는 얘기죠. 그는 쐐기풀 길에 인적이 없는 상황을 이용한 거예요. 총을 쏘려고 안뜰을 통해 침입할 수는 없었겠죠. 설령 쐈다고 해도 그 소리가 들렸을 거고……. 자, 한 잔씩 더 하시겠어요? 물론 이건 제가 내는 겁니다!」

「이제 두 개군!」 반장이 천천히 말했다.

「두 개라뇨?」 그르니에가 물었다.

「두 개의 우연! 우선 총성이 묻혀 버리기 위해선 축제가 필요했고……. 그다음엔 안뜰 쪽으로 난 방들이 모두 차 있어야 했고…….」

매그레는 잔 세 개를 거의 다 채워 가고 있는 타르디봉에게 몸을 돌렸다.

「현재 투숙객이 모두 몇이나 되오?」

「서른네 명요. 애들까지 포함해서.」

「사건 이후 떠난 사람은 없소?」

「아까 말씀드렸지만, 일곱 명입니다. 파리 근교에서 온 가족이죠. 아마 생드니였을걸요……. 일종의 기술자 같은 사람이었는데, 그 아내, 장모, 처제, 애들까지 포함해서 일곱이죠……. 그런데 우리끼리 얘기지만, 참 싸가지 없는 인간들이었어요. 그러니 나로서는 코메르스 호텔로 가버렸다고 해서 조금도 섭섭할 일 없죠. 뭐, 각자의 고객이 다른 법이니까……. 여기서는 말이죠, 아무나 붙잡고 물어보세요. 다 똑같은 소리를 할 겁니다. 우리 호텔에는 괜찮은 분들밖에는 없어요.」

「클레망 씨는 주로 무얼 하면서 시간을 보냈소?」

「그건 저도 정확히 모르겠어요. 걸어서 어딘가를 다녀오곤 했죠. 한번은 이 근방에 사생아를 하나 숨겨 놓았나 보다, 하고 생각한 적도 있답니다. 뭐, 그냥 한번 추측해 본 거예요. 사람이란 자기도 모르게 주변의 일들을 설명해 보려는 경향이 있잖습니까……. 아주 점잖은 양반이었어요. 표정은 항상 우울했죠. 타블도트[6]에서 식사하는 걸 본 적이 없어요. 우리는 겨울철에는 타블도트를 하나 마련하거든요. 그런데 그 양반은 항상 한쪽 구석에 처박혀 혼자 식사하곤 했지요……」

매그레는 호주머니에서 수첩 하나를 꺼냈다. 밀랍을 먹인 검은 천으로 표지가 덮인, 세탁부들이 사용하는 허접한 수첩이었다. 그는 연필로 적기 시작했다.

1. 루앙에 전보 칠 것.
2. 닐 사에 전보 칠 것.
3. 안뜰을 둘러볼 것.

---

[6] 휴가철 같은 때에 호텔 투숙객들이 함께 둘러앉아 먹을 수 있게 마련해 놓은 큰 식탁. 메뉴는 대부분 정해져 있고, 가격은 숙박료에 포함되는 경우기 많다.

4. 생틸레르 사유지에 대해 알아볼 것.

5. 칼에 난 지문.

6. 투숙객 명단.

7. 코메르스 호텔의 기술자 가족.

8. 26일 일요일에 상세르를 떠난 사람들.

9. 25일 토요일에 갈레 씨를 목격한 사람에게 보상금을 주겠다고, 북 공고인[7]을 통해 알릴 것.

느베르의 형사는 짐짓 미소를 입가에 머금은 채, 메모를 하고 있는 매그레에게서 시선을 떼지 않았다.

「그래, 벌써 무슨 생각이라도 나셨나요?」

「전혀 없소! 전보 두 통 보내고 나서 그냥 잘 거요.」

이제 카페 안에는 당구 시합을 마쳐 가고 있는 이 고장 사람 몇 명만이 남아 있었다. 매그레는 쐐기풀 길이라는 곳을 한번 둘러보러 갔다. 과거 이 사유지의 중심 통행로였다는 길 양쪽에는 멋진 참나무가 두 줄로 늘어서 있었다.

그리고 잡초로 온통 뒤덮여 있었다. 늦은 시간이라 그 외에는 아무것도 보이지 않았다.

그르니에가 역으로 출발해야 하는 듯 머뭇대는 것을 보고는, 매그레는 돌아와 악수를 했다.

「자, 행운을 빕니다! 하지만 우리끼리 얘긴데……. 좀

7 북 등을 치면서 관청의 공고 내용을 온 마을에 알리며 다니던 관리.

지저분한 사건 아닙니까? 뭔가 짜릿한 요소도 없고, 실마리도 전혀 보이지 않고……. 솔직히 말해, 사건을 맡은 게 내가 아닌 반장님이라 다행이라고나 할까요…….」

반장은 2층의 한 객실로 인도되었다. 벌써부터 모기들이 머리 위에서 자기들 나름의 음악을 시작하고 있었다. 매그레는 기분이 몹시 구질구질했다. 앞으로 그가 처리해야 하는 이 일은 따분하고도 시시해 보였다. 뭔가 흥미롭고 신명 나는 구석이라고는 전혀 없었다.

하지만 일단 자리에 누우니, 잠은 오지 않고, 또다시 갈레의 얼굴이 눈앞에 떠오르는 거였다. 어떤 때는 한쪽 뺨만 보이고, 또 어떤 때는 얼굴 아래쪽만 보이는 식으로.

그는 눅눅한 시트 속에서 거북하게 느껴지는 몸을 여남은 번은 뒤척였다. 신경이 예민하다 보니 모래톱들을 따라 강물이 졸졸거리는 소리까지 분간이 되었다.

모든 형사 사건은 저마다 특징을 가지고 있다. 이 특징은 정도의 차이는 있지만 곧바로 파악이 되는데, 많은 경우 사건의 비밀을 푸는 열쇠가 되어 준다.

그런데 이 사건의 특징은 바로 범용함이 아니던가?

생파르조의 그 시시함! 그 하찮은 집! 첫 영성체 복장을 한 아이의 사진, 그리고 피아노 위에 너무 꽉 끼는 모닝코트 차림의 아버지 사진이 있는, 그 옹색한 실내!

그리고 상세르에서 다시 보게 된 이 시시함! 싸구려 휴가지! 이급 호텔!

모든 세부 사항들이 이 음울한 회색 그림을 더욱 무겁게 만들고 있었다.

닐 사의 대리인. 모조 은제품, 모조 사치품! 흉내만 낸 가짜 스타일!

경박한 축제 장터, 경품 사격, 폭죽…….

여기에 갈레 부인의 그 빌려 입은 듯한 품위까지……. 가짜 보석으로 장식된 그 모자는 학교 운동장의 먼지 속에 뒹굴고 있었다!

다음 날 아침, 미망인이 생파르조행 첫차를 탔고, 에밀 갈레의 유해를 담은 관은 소형 임대 트럭에 실려 레 마르그리트로 향하고 있다는 소식을 들었을 때, 매그레는 안도감마저 느꼈다.

빨리 일을 끝내 버리고 싶었다. 다른 이들은 모두 떠나 버렸다. 판사, 일곱 손님이 기다리고 있다는 의사, 그리고 그르니에 형사까지.

이제 혼자 남겨진 그는 명확히 요구되는 몇 가지 일만을 처리할 작정이었다.

우선 전날 저녁에 보낸 전보들에 대한 회신을 기다리는 일.

그리고 살인이 범해진 객실을 조사하는 일.

마지막으로 이 범죄를 범했을 〈가능성이 있는〉, 그래서 결과적으로 용의자가 될 수 있는 모든 사람을 파악하는 일.

루앙에서는 금방 회신이 왔다. 이 도시의 경찰서에서 보낸 것이었다.

라 포스트 호텔에서의 개인 신문(訊問) 결과. 출납원 이르마 스트로스는 에밀 갈레라는 인물이 재발송을 요하는 우편 엽서들을 봉투에 넣어 보내오곤 했다고 진술했음. 매달 1백 프랑씩 받았다고 함. 이 일을 5년 전부터 해왔으며, 아마 전에 있었던 출납원 역시 이 일을 했으리라고 생각한다 함.

약 30분 후, 다시 말해 오전 10시에, 닐 사에서 전보가 도착했다.

에밀 갈레는 1912년부터 이 회사 직원이 아님.

이때, 북 공고인이 마을 순회를 시작하고 있었다. 아침 식사를 마친 매그레가 호텔 안뜰을 살펴보면서 특별한 점이 전혀 없다는 사실을 확인하고 있는데, 도로 보수 인부 하나가 그에게 뭔가를 말하려 찾아왔다고 했다.

「저는 그때 생티보 쪽으로 통하는 도로에 있었는데유.」 그가 설명하기 시작했다. 「그 문제의 클레망 씨를 본 서예유. 몇 차례 마주친 석노 있었구, 특히나 그 보닝코트 때문에 금방 알아보았지유. 그런데 바로 그때 농장 쪽 길에서 웬 청년이 걸어오더니만, 두 사람이 딱 마주친 거예유. 난 그들에게서 백 미터쯤 떨어진 곳에 있긴 했지만, 두 사람이 말다툼을 하고 있다는 건 알 수 있었어유.」

「그들은 금방 헤어졌소?」

「아니유! 언덕길을 한동안 같이 올라갔어유. 그런 다음 영감이 혼자서 돌아오더만유. 내가 젊은 애를 다시 본 건 그로부터 반 시간쯤 지나서 광장에서였지유. 코메르스 호텔에 있더만유!」

「그는 어떻게 생겼소?」

「키가 크고 말랐어유……. 얼굴이 길쭉하고 안경을 끼었구유.」

「옷차림은 어땠소?」

「생각이 잘 안 나는데……. 하여튼 회색 아니면 검정색으로 입었을 거예유……. 지가 50프랑 받을 수 있겠나유?」

매그레는 그에게 돈을 건네주고, 코메르스 호텔 쪽으로 향했다. 어제 저녁에 잠시 들러 아페리티프를 마신 곳이었다.

청년은 6월 25일 토요일에 점심 식사를 했다고 했다. 하지만 그의 시중을 들었던 보이는 휴가를 얻어 여기서

20킬로미터가량 떨어진 푸이이에 있다는 거였다.

「그가 분명히 여기서 잤나요?」

「우리 숙박부에 적혀 있을 거예요.」

「그를 기억하는 사람이 아무도 없나요?」

여자 출납원은 누군가가 버터가 들어가지 않은 국수를 요구해, 그 손님을 위해 특별히 요리를 해야 했다는 사실을 기억해 냈다.

「저쪽에 앉은 청년이었어요. 저기, 기둥 왼쪽이요. 무슨 병이 있는 것처럼 안색이 별로 안 좋았고.」

다시 날씨가 뜨거워지기 시작하고 있었다. 하지만 아침의 그 귀찮아서 대충 하던 마음은 싹 사라져 버렸다.

「얼굴이 길고……? 입술은 얇고……?」

「맞아요, 그 남을 경멸하는 듯한 커다란 입! 그 손님은 커피도, 술도 필요 없다고 했죠. 아시겠지만, 그런 손님들은 좀…….」

왜 그때 매그레는 그 첫 영성체 예복 차림을 한 아이의 초상을 머리에 떠올렸던 것일까?

매그레는 마흔다섯 살이었다. 반평생을 경찰에 몸담으면서 그야말로 안 다뤄 본 업무가 없었다. 풍기 단속반, 교통경찰, 마약 단속반, 철도역 특별대, 도박 단속반…….

막연한 신비주의에 사로잡히거나 직관에 매달리기에는 인간사를 너무도 많이 경험한 그였다.

그럼에도, 거의 24시간 전부터 그 두 장의 인물 사진, 즉 아버지의 사진과 아들의 사진이 그의 정신을 사로잡고 있었다. 갈레 부인이 무심코 내뱉은 한 마디도 마찬가지였다. 〈그이는 아파서 식이 요법 중이었어요······.〉

그는 약간은 막연한 생각으로 우체국으로 향했고, 도착해서는 전화 교환원에게 생파르조 시청을 연결해 줄 것을 요청했다.

「여보세요! 여기는 수사국인데요······. 갈레 씨 장례식이 언제인지 알려 주실 수 있습니까?」

「내일 아침 8시입니다.」

「생파르조에서요?」

「네, 여기에서요.」

「또 한 가지 묻겠소. 그런데 전화 받는 분이 누구시죠?」

「이곳 초등학교 교원입니다.」

「갈레 씨 아드님을 아시는지?」

「가끔 봤어요. 오늘 아침엔 서류를 처리하러 왔고요.」

「뭐하고 닮았죠?」

「무슨 말씀이신지?」

「키가 크고 말랐나요?」

「네······. 그런 편이죠.」

「안경을 꼈나요?」

「잠깐요! ······아, 기억나네요! 뿔테 안경이었어요.」

「병이 있는지 혹시 아세요?」

「제가 그걸 어찌 알겠습니까? 물론 안색이 약간 창백하긴 했지만요……」

「고맙습니다.」

10분 후, 반장은 다시 코메르스 호텔에 들어왔다.

「저 말이죠, 부인, 토요일의 그 손님이 안경을 끼고 있었습니까?」

출납계 여직원은 잠시 기억을 더듬어 보더니, 결국 고개를 저었다.

「네…… 아니, 아니요…… 잘 모르겠어요. 여름철에는 사람이 하도 많아서요! 특별히 기억에 남는 건 그 입이었어요. 심지어는 그 사람 입이 두꺼비 입 같다고 여기 종업원에게 말했을 정도죠.」

도로 보수 인부를 찾는 데는 시간이 더 많이 걸렸다. 그는 교회당 뒤에 숨은 조그만 선술집에 처박혀 아까 받은 50프랑으로 친구들과 술을 마시고 있었던 것이다.

「당신이 본 사람이 안경을 끼고 있었다고 했죠?」

「젊은 애? 맞아유! 늙은이는 아니고…….」

「어떤 안경이었소?」

「아주 둥그런 거였수. 왜, 아시잖아유, 까만 동그라미가 두 개 붙어 있는 거…….」

매그레는 아침에 일어나 숙은 이가 떠나 버렸나는 사

실을 알고는 아주 기분이 좋았었다. 더불어 갈레 부인, 판사, 의사, 그리고 다른 경찰관들까지 사라졌으니 말이다.

그때만 해도 그는 이렇게 생각하고 있었다. 이제 남은 것은 어떤 객관적인 문제일 뿐이다. 이제는 그 턱수염 난 노인네의 기이한 얼굴을 떠올리지 않아도 되리라.

오후 3시, 그는 생파르조행 기차에 올랐다.

처음에 그는 에밀 갈레의 사진 한 장만을 보았을 뿐이다. 그러고 나서는 얼굴 반쪽을 얼핏 보았다.

이제 얼마 후에는 영원히 닫혀 버린 한 개의 관을 보게 될 터였다.

하지만 기차가 움직이기 시작할 때, 매그레는 자신이 그 죽은 사람을 끈질기게 쫓아다니고 있다는 불편한 느낌에 사로잡혔다.

한편 상세르에서는 타르디봉이 그가 가장 아끼는 손님들에게 아르마냐크를 한 잔씩 돌리면서, 실망 가득한 얼굴로 이렇게 얘기하고 있었다.

「아주 무게 있어 보이는 양반이었죠……. 우리 연배고……. 아, 그런데 이 양반이 방에 들어가 보지도 않고 벌써 내빼 버렸네요! ……〈그가 죽은 자리〉를, 한번 가서 볼래요? ……참 이상하단 말씀이야. 이것도 느베르의 경찰관들이 해놓은 거예요. 시체를 실어 가기 전에 마룻바닥에다 분필로 이렇게 윤곽을 표시해 놓았죠……. 어이, 조심해요! 아무것도 건드리지 말라고! ……이런 종류의 사건에 잘못 엮이면 어디로 휩쓸려 갈지 모른다니까!」

3
앙리 갈레의 답변

리샤르르누아르 가에 있는 자택에서 밤을 보낸 매그레는 수요일, 오전 8시보다 약간 이른 시각에 생파르조에 도착했다. 역사를 막 벗어났을 때, 그는 생각을 바꿔 다시 돌아와 역무원에게 물었다.

「갈레 씨는 기차를 자주 탔소?」

「아버지요, 아니면 아들요?」

「아버지.」

「매달 탔어요. 한번 떠나면 3주씩 걸렸지요. 루앙행 이등 객차를 타곤 했지요.」

「그럼 아들은?」

「파리에서 거의 매주 토요일 오곤 했어요. 삼등 열차 왕복표를 끊어 와서는, 일요일 막차로 돌아가곤 했죠. 이런 일을 누가 예상이나 했겠어요? 개시(開始) 낚시를 하고 있던 그 양반 모습이 아직도 눈에 선한데……. 6월 첫째 일요일 전이었죠.」

「아버지요, 아니면 아들요?」

「거야 당연히 아버지죠! 자, 저기 나무들 사이로 파란 낚싯배가 보이죠? 바로 그 양반 겁니다. 사람들이 다 사고 싶어라 할 배죠. 참나무 가운데 부분을 목재로 써서 그가 직접 만든 것이거든요. 게다가 온갖 것들을 만들어 완벽하게 꾸며 놓았고요. 그 양반만의 비밀 도구 같은 것들이겠죠…….」

매그레는 그가 지니고 있는, 죽은 이의 아직은 너무도 불완전한 이미지에 이 작은 터치를 정성스레 추가해 넣었다. 그는 나룻배와 센 강을 바라보았고, 턱수염의 사내가 손에 대나무 낚싯대를 들고 몇 시간 동안 꼼짝 않고 앉아 있는 모습을 상상해 보려 했다.

그런 다음 다시 레 마르그리트 쪽으로 발길을 돌렸다. 그렇게 걸어가노라니, 그와 같은 길을 따라가고 있는, 비어 있는 이급 영구 마차 한 대가 눈에 들어왔다.

집 근처에는 인적이 없었다. 보이는 사람이라곤 외바퀴 손수레를 밀고 있는 사내 하나가 전부였다. 그는 영구 마차를 보고는 걸음을 멈추었다. 장례 행렬을 구경하고픈 호기심이 인 모양이었다.

철책에 달린 종은 아마천으로 감싸여 있었다. 현관문에는 검은 휘장이 늘어뜨려져 있었고, 그 위에는 은빛 사수로 새겨진 고인의 머리글자가 선명히 부각되어 있었다.

매그레로서는 예상치 못했던 꽤나 호화로운 장식이었다. 복도 왼쪽에 놓인 쟁반에는 귀퉁이가 접힌 명함 한 장만이 들어 있었다.[8] 생파르조 시장의 것이었다.

전에 반장을 영접했던 응접실은 영안실로 바뀌어 있었고, 가구들은 모두 식당으로 옮겨져 있었다. 벽들은 온통 검은 장막들로 덮여 있었다. 관은 불 밝힌 양초들에 둘러싸여 방 중앙에 놓여 있었다.

그런데 왜 이 모든 것에서 어떤 신비스럽고도 모호한 분위기가 느껴졌던 것일까? 영구 마차는 이미 문밖에서 기다리고 있는데도 조문객 하나 보이지 않고, 또 한 명이라도 올 기미가 보이지 않기 때문이었을까?

그 달랑 놓인, 모조 석판으로 인쇄된 명함 한 장! 이 모든 은(銀) 눈물 휘장들![9] 그리고, 관의 양옆에 선 실루엣. 오른쪽에는 정식 상복 차림에 얼굴은 베일로 가리고, 손가락 사이에는 광택 없는 묵주들을 끼고 있는 갈레 부인. 역시 광택 없는 검은 상복 차림으로 관 왼쪽에 서 있는 앙리 갈레.

매그레는 조용히 나아갔다. 몸을 굽혀 조의를 표한 다

---

8 어느 곳을 방문했는데 주인이 없을 경우, 자신이 방문했다는 사실을 알리기 위해 명함 귀퉁이를 접어 놓는다.
9 장례식장을 꾸미는, 눈물 문양이 들어간 휘장.

음, 조그만 회양목 가지를 성수에 적셔 그 물을 관에 뿌렸다. 어머니와 아들의 눈이 자신의 동작을 지켜보고 있다는 게 느껴졌지만, 그들은 한마디 말도 없었다.

이에 그는 한쪽 구석으로 가서, 바깥의 소리에 귀를 기울이는 한편 청년의 얼굴 표정을 살폈다. 이따금 말들이 통행로의 땅바닥을 발굽으로 두드리는 소리가 들려왔다. 장의사 일꾼들은 창문 근처 땡볕 아래에서 나지막이 얘기를 나누고 있었다. 그리고 촛불만이 밝히고 있는 영안실 안에서, 뭔가 균형 잡히지 않은 아들의 얼굴은 더욱 이상하게 보였다. 주변의 온통 검은 배경에 그의 병색 짙은 흰 피부가 더욱 부각된 탓이었으리라.

가르마 하나로 나뉜 그의 머리칼은 머리통에 찰싹 달라붙어 있었다. 그는 널찍하고도 울퉁불퉁한 이마의 소유자였다. 뿔테 안경의 두툼한 유리알 뒤에 숨어 있는, 근시안 특유의 그 불안스런 시선을 포착하는 일은 결코 쉽지 않았다.

갈레 부인은 이따금 손수건을 베일 속에 넣어 콕콕 눈물을 찍었다. 그리고 앙리의 두 눈동자는 그 어느 곳에도 고정되어 있지 않았다. 사물들 위를 무심히 떠다니면서도 반장만큼은 집요하게 피하고 있었다. 마침내 장의사 인부들의 발소리가 들렸을 때, 매그레는 안도의 한숨을 내쉬었을 정도였다.

얼마 후 운구대가 복도의 벽들에 부딪히고 있었다. 갈레 부인의 목에서 작은 흐느낌이 울렸고, 아들은 시선을 다른 곳으로 돌린 채 다만 그녀의 어깨를 몇 번 두드려 줄 뿐이었다.

앞에는 화려하기 그지없는 이급 운구 마차, 뒤에는 당혹의 빛이 역력한 의식 집전자와 그를 따라 걷기 시작하는 두 실루엣⋯⋯ 너무도 강렬한 대조였다.

날씨는 여전히 무더웠다. 외바퀴 손수레를 끄는 사내는 성호를 긋고는 옆에 난 샛길로 떠나 버렸다. 그리고 아주 조그만 그 행렬은 몇 개의 연대가 행진할 수 있을 만큼 넓디넓은 통행로를 따라가고 있었다.

교회에서 종교 의식이 진행되는 동안, 매그레는 농부 몇 사람이 광장에 모여 서 있는 것을 보면서 시청으로 들어갔다. 그 안에는 아무도 없었다. 하는 수 없이 이 마을 시장보(補)이기도 한 교사를 찾지 않을 수 없었다. 수업 중이었던 교사는 잠시 아이들을 버려두고 나와 그를 맞았다.

「이 주민 등록부에 적힌 것 외에는 제가 특별하게 말씀드릴 게 없네요. 자, 이것 보세요.

〈갈레. 이름은 에밀 이브 피에르. 1879년 낭트 출생. 1902년 파리에서 오로르 프레장과 결혼⋯⋯. 자녀로는 아들 하나. 앙리, 1906년 파리 출생. 현재 파리 9구 구청에 등록되어 있음.〉」

「이 고장 사람들은 이들을 별로 좋아하지 않나요?」

「갈레 씨 가족은 1910년, 그러니까 저 숲이 택지 개발지로 변경됐던 해에 집을 신축한 이후, 지금까지 누구도 만나려 하지 않았어요……. 아주 자존심이 강한 사람들이죠. 한번은 제가 어느 일요일에 나룻배를 타고 낚시를 한 적이 있어요. 갈레 씨 배와 10미터 정도 떨어진 거리에 서였죠. 저한테 뭔가가 필요하면 그 양반이 주곤 했어요. 하지만 그 입에서 연달아 다섯 마디를 끌어내는 건 불가능했죠.」

「그들의 생활 형편을 어느 정도로 보시죠?」

「정확히는 모르겠어요. 그 양반이 여행 다니면서 어떻게 돈을 쓰는지 모르니까……. 하지만 이곳의 생활비만 대충 짐작해 보면, 최소한 매달 2천 프랑은 필요할 거예요. 가보셨으면 아시겠지만, 부족한 게 없는 집이에요. 식료품은 거의 다 코르베유나 믈렁에서 가져다 먹고 있답니다. 그리고 말이죠…….」

하지만 이때 매그레는 창을 통해 장례 행렬이 교회를 끼고 돌아서 공동묘지로 들어가고 있는 것을 보았다. 그는 교사에게 감사를 표하고 도로에 나와 서서 첫 삽의 흙이 관 위에 뿌려지는 소리를 들었다.

그는 모습을 보이고 싶지 않았다. 그래서 돌아갈 때 우회로를 택했고, 갈레 씨 가족보다 약간 늦게 도착하게끔 신경을 썼다. 문을 열어 준 하녀는 머뭇거리며 그를 쳐다보았다.

「마님께서는 지금 상태가……」 하녀는 이렇게 말문을 열었다.

「앙리 씨에게 내가 할 말이 있다고 전하시오.」

사팔뜨기 하녀는 그를 밖에 세워 놓았다. 그리고 얼마 후 청년의 실루엣이 복도에 나타났다. 그는 현관 문턱으로 나아오더니 매그레의 어깨 너머를 멀거니 바라보며 이렇게 물었다.

「다른 날 방문하실 수 없겠습니까? 제 모친이 심히 상심해 계셔서……」

「난 오늘 당신에게 얘기할 게 있소. 일단 이렇게 우기는 것은 죄송하고.」

앙리는 말없이 몸을 돌려 들어갔다. 경찰관에게 원한다면 따라와도 된다는 뜻이었다. 그는 몇 개의 문 앞에서 망설이더니, 결국 식당 문을 밀고 들어갔다. 거기에는 원래 응접실에 놓았던 가구들이 잔뜩 쌓여 있어 제대로 돌아다니기조차 힘들 정도였다.

매그레는 첫 영성체를 받은 아이의 사진이 탁자 위에 누워 있는 것을 보고는 에밀 갈레의 사진도 있는지 둘러보았지만, 보이지 않았다.

앙리는 의자에 앉지 않았고, 아무 말도 없었다. 하지만 안경을 벗어 들고는 몹시 귀찮다는 듯한 표정으로 유리알을 건성건성 닦는 거였다. 두 눈꺼풀은 여과되지 못한 광선에 놀란 듯 파르르 떨리고 있었다.

「물론 아시겠지만, 난 당신 아버지의 살인범을 찾는 임무를 띠고 있소.」

「제가 놀라는 이유가 바로 그겁니다. 이런 시간에는 저와 제 모친을 조용히 있게 해줘야 예의에 맞는 거 아닙니까!」

이렇게 말하고 앙리는 안경을 다시 꼈다. 그리고 손 위로 흘러내린 풀 먹인 셔츠 소맷부리를 다시 집어넣었다. 드러난 손등은 상세르에서 본 시체 가슴과 같이 불그스름한 털로 덮여 있었다.

바짝 말라 뼈가 불거져 있고 윤곽 또한 큼직큼직한, 그리고 약간은 말을 연상시키는 침울한 표정에 잠겨 있는 그의 얼굴에는 작은 떨림 하나 없었다. 그는 비스듬히 놓여 녹색 천을 댄 배면(背面)이 보이는 피아노에 팔꿈치를 기대고 섰다.

「당신에게서 몇 가지 사실을 알아보고 싶소. 당신의 부친과 당신의 가족 전체에 관해.」

앙리는 입을 다문 채, 같은 자리에 꼼짝도 않고 서 있었다. 얼음같이 싸늘하고 음산한 얼굴을 하고서.

「우선, 지난 6월 25일 토요일 오후 4시경에 당신이 어디 있었는지 말해 주겠소?」

「먼저 형사님께 한 가지 질문을 드리고 싶군요. 제가, 지금 같은 때에, 형사님을 이렇게 집 안에 들이고 질문에 대답해야 할 의무가 있는 건가요?」

여전히 귀찮아하는 듯한, 표정 없는 목소리였다. 한 마디 한 마디 내뱉는 게 너무도 피곤한 사람 같았다.

「원한다면 말을 안 해도 좋소. 하지만 한 가지 알려 주고 싶은 사실은……」

「그래, 형사님의 수사 결과, 제가 어느 장소에 있었던 걸로 되어 있던가요?」

매그레는 말문이 막혀 버렸다. 사실 그는 앙리 갈레가 보인 이 뜻밖의 모습에 어안이 벙벙해져 있었다. 지금까지 이 청년의 얼굴에서 예리한 구석이라고는 조금도 읽어 낼 수 없었기에 그의 놀라움은 더욱 컸다.

앙리는 몇 초 동안 침묵을 지키고 있었다. 그때 2층에서 부르는 소리에, 아래층에 있던 하녀가 〈네, 가요, 마님!〉 하고 대답하는 소리가 들렸다.

「그래서?」
「알고 계시잖아요? 전 거기 있었어요.」
「상세르에?」

앙리는 아무 대꾸도 하지 않았다.

「그리고 당신은 당신 부친과 얘기를 나눴지. 고성 쪽으로 난 길에서……」

지금 더 불안해져 있는 쪽은 매그레였다. 자신의 주먹이 허공을 치고 있다는 느낌이 들었기 때문이다. 그의 목소리에는 맥이 빠졌고, 그가 품는 의혹들은 근거 없는 듯 느껴졌다.

가장 당황스러운 것은 앙리 갈레의 침묵이었다. 그는 해명조차 시도하지 않고, 묵묵히 기다리고만 있었다.

「상세르에서 무얼 하고 있었는지 말해 주겠소?」

「내 애인 엘레오노르 부르상을 보러 갔어요. 상세르에서 생티보로 통하는 도로변에 있는 〈제르맹 펜션〉에서 휴가를 보내고 있었죠.」

매그레는 에밀 갈레만큼이나 숱이 많은 눈썹을 미세하게 치켜 올렸다.

「당신 부친이 상세르에 있다는 사실을 몰랐소?」

「알고 있었다면, 만나는 걸 피할 수 있었겠지요.」

그는 여전히 최소한의 설명만을 제공하면서, 반장으로 하여금 별 의미 없는 질문들을 되풀이하게 하고 있었다.

「당신 부모는 그 관계에 대해 알고 계셨소?」

「아버지는 우리 관계를 의심하고 있었고, 또 반대하셨죠.」

「두 사람이 나눈 대화의 내용이 뭐였소?」

「지금 살인범에 대해 조사하시는 겁니까, 아니면 피해자에 대해 조사하시는 겁니까?」 청년이 천천히 그리고 또박또박 물었다.

「피해자에 대해 잘 알게 되면, 살인범에 대해서도 알게 될 것이오. 당신 부친이 당신을 질책하셨소?」

「천만에요! 제가 아버지를 질책했죠. 저를 염탐한다고요.」

「그리고?」

「아무 말도 안 했어요! 아버지는 저를 불손한 녀석으로 취급했죠. 오늘 다시 그때의 일을 떠올리게 해주시다니 고맙군요.」

층계에서 나는 발자국 소리를 듣고 매그레는 속으로 한숨을 내쉬었다. 곧이어 갈레 부인이 나타났다. 목에는 무겁지도 않은지 굵고 칙칙한 돌 묵주를 세 겹이나 두른, 평소와 다름없이 품위 있는 모습이었다.

「무슨 일이지?」 그녀는 매그레와 자신의 아들을 번갈아 쳐다보며 물었다. 「앙리, 왜 날 부르지 않았니?」

하녀가 노크를 한 다음 들어왔다.

「미장이들이 왔어요. 영안실의 장막을 걷어 가려고 왔대요.」

「가서 잘 감시하고 있어!」

「범인을 찾아내는 데 있어 필수 불가결하다고 판단되는 몇 가지 정보를 얻으러 왔습니다!」 매그레가 조금은 과도하게 딱딱해져 가는 목소리로 말했다. 「아드님께서도 지적하셨지만, 방문 시간을 잘못 택했는지도 모르겠습니다. 하지만 지금은 일분일초가 흐를수록 범인 체포가 그만큼 더 어려워지는 때라서……」

그는 힐끗 앙리를 돌아보았다. 그는 여전히 음울한 표정을 고수하고 있었다.

「부인, 앙리 갈레와 결혼하셨을 때, 부인께서는 개인 재산이 있으셨습니까?」

그녀는 약간 움찔하더니, 자존심에 파르르 떨리는 음성으로 대답했다.

「전 오귀스트 프레장의 딸이에요……」

「죄송합니다만, 무슨 말씀인지……」

「마지막 부르봉 대공의 비서…… 정통 왕당파 신문〈태양〉의 발행인이셨던 분 말입니다……. 선친께서는 선한 투쟁을 전개하고 있었던 그 신문을 발행하느라 마지막 한 푼까지 털어 넣으셨죠……」

「그쪽 가족이 아직 계십니까?」

「있어야 마땅하겠죠. 하지만 결혼한 이후 왕래가 끊겼어요.」

「그쪽에서 결혼을 반대하셨나요?」

「방금 말씀드린 것이 이해하는 데 도움을 드렸을 텐데요. 우리 가문 전체가 정통 왕당파예요. 제 숙부님들은 모두가 높은 지위에 계셨고, 어떤 분들은 아직도 그러하시죠. 그래서 모두들 절 못마땅하게 생각했어요. 일개 세일즈맨과 결혼했다고……」

「부친이 작고하셨을 때 부인께서는 재산이 없으셨나요?」

「선친께서는 내가 결혼하고 1년 후에 별세하셨어요. 내 남편은 우리가 합칠 때 약 3만 프랑을 갖고 있었고요.」

「부군의 가족은요?」

「난 그 사람 가족은 몰라요! 그이는 가족에 대해 말하는 걸 피했죠. 내가 아는 것이라곤 그가 힘든 어린 시절을 보냈고, 인도차이나에서 여러 해를 보냈다는 사실뿐이에요.」

아들의 입술에 경멸의 미소 같은 것이 엷게 떠올라 있었다. 「제가 이런 질문을 드린 데에는 이유가 있습니다. 부인의 남편께서 18년 전부터 닐 사 직원이 아니었다는 사실을 알게 되어서입니다.」

그녀는 반장을 뚫어지게 쳐다보았다. 그런 다음 자기 아들도 그렇게 쳐다보더니, 목소리를 높여 항의를 하려 했다.

「반장님……!」

「이 정보를 주신 분은 닐 씨 본인입니다.」

「저, 형사님…… 오늘 얘기는 이제 그만……」 청년이 매그레에게 한 걸음 나아오며 말하려 했다.

「아냐, 앙리! 이게 잘못됐다는 걸 내가 증명하겠어. 끔찍한 거짓말이란 것을……! 자, 반장님, 오세요! ……그래요, 날 따라오시라고요!」

그녀는 처음으로 흥분한 모습을 보이면서, 미장이들이 둘둘 말아 놓은 검은 천 무더기들에 발을 부딪혀 가며 복도 쪽으로 향했다. 그렇게 그녀는 경찰관을 2층으로 데리고 가, 반들반들하게 왁스 칠 한 호두나무 바닥이 깔린 침실을 통과하게 했다. 외투 걸이에 에밀 갈레의 밀짚모자 하나와 그가 낚시할 때 걸쳤을 성싶은 사냥복 일습이 아직 걸려 있는 게 보였다.

그 방 다음에는 서재로 꾸민 조그만 방 하나가 있었다.

「자, 보세요! 이게 그 사람의 견본들이에요! 예를 들어 이 식기 세트를 보세요. 이 끔찍한 아르 데코 스타일의 물건들이 18년 전 것은 아니잖아요? 그리고 이건 내 남편이 매달 말 정리해 놓던 주문 장부예요. 또 이것들은 그가 정기적으로 받던 닐 사의 두서(頭書)가 찍혀 있는 편지지들이고요.」

매그레는 거의 보지 않고 있었다. 언젠가는 이 방에 다시 돌아오리라는 것을 확신하고 있었기 때문에, 우선은 방의 전체적인 분위기를 몸으로 느껴 보고 싶었던 것이다.

여기서도 그는 에밀 갈레를 이 실제 배경 속에 위치시
키려 해보았다. 이를테면 책상 앞 회전의자에 앉혀 보기
도 하면서. 책상 위에는 흰색 금속 잉크병 하나, 문진으로
사용되는 수정 구 하나가 놓여 있었다.

창문 너머로는 택지 개발지 중앙 통행로와 사람이 살
지 않는 한 단독 주택의 붉은 지붕이 보였다.

닐 사의 두서가 찍혀 있는 서신들에는 거의 비슷비슷
한 내용들이 타이핑되어 있었다.

친애하는 갈레 씨,

보내 주신 금월 15일자 서신과 1월분 주문 명세서는
잘 수령했습니다. 언제나처럼 정산을 위해 월말에 내
사(來社)하시기를 기다리고 있겠사오며, 그때 귀하의
활동 영역 확장 건과 관련하여 몇 가지 지침을 드릴 예
정입니다.

서명인: 장 닐

매그레는 이 편지 몇 장을 집어 자신의 지갑 속에 챙겨
넣었다.

「자, 이젠 어떻게 생각하시죠?」 갈레 부인이 도전하듯 물
었다.

「이 물건들은 뭡니까?」

「아무것도 아니에요……. 제 남편은 손으로 뭘 만드는 걸 좋아했어요. 저기 그이가 분해해 놓은 낡은 손목시계 보이시죠. 헛간에 가면 낚시 용품들을 비롯해, 그이가 손수 만든 잡동사니들이 널려 있지요……. 그는 한 달에 8일을 여기서 보내야 했거든요. 문서를 작성할 일이 있기는 했지만 오전에 한두 시간이면 충분했고…….」

매그레는 아무 서랍이나 몇 개 열어 보았다. 그중 한 서랍에 두툼한 분홍색 서류철이 하나 있었고, 그 위에는 이렇게 표시되어 있었다.

〈태양〉

「선친의 원고들이에요!」 갈레 부인이 설명했다. 「그런데 왜 이게 아직까지 우리에게 남아 있는지 모르겠네요……. 이 벽장 안에는 이 신문이 호(號)별로 다 들어 있어요. 선친께서 채권까지 다 팔아서 발행한 마지막 호까지요…….」

「제가 이 서류철을 가져가도 되겠습니까?」

그녀는 아들의 의견을 물으려는 듯 문 쪽으로 몸을 돌렸다. 하지만 앙리는 그들을 따라오지 않았다.

「거기서 뭘 얻어 내실 수 있겠어요? 그건 성당에 모셔 두는 성유물(聖遺物)이나 마찬가지인데요……. 하시만 필요하다고 생각하신다면……. 그런데, 반장님! 닐 씨가 그렇게 말했을 리가 없잖아요, 안 그래요? ……이 엽서들도 마찬가지고요! 어제도 또 한 장 받았다고요! 그리고 분명히 그이의 필적이에요! 전번에 보여 드린 것처럼 루앙에서 날짜가 찍혔고요……. 자, 읽어 보라고요! 〈……여긴 별일 없소. 목요일에 귀가할 것이오…….〉」

갈레 부인은 다시 한 번 격한 감정이 치밀어 오르는 듯했다. 하지만 이번에는 고통스러워하는 빛이 역력했다.

「그 사람을 기다리는 마음까지 생길 정도인데! ……목요일은, 바로 내일인데…….」

그녀가 왈칵 눈물을 쏟았다. 하지만 믿을 수 없을 정도로 짧은 순간 동안만이었다. 딸꾹질을 하듯 두세 번 격하게 흐느끼고는, 그걸로 끝이었다. 그녀는 검은색 테두리가 있는 손수건으로 입을 막고는, 쉰 듯한 낮은 목소리로 말했다.

「우리 여기 있지 마요…….」

다시 침실을 지나야 했다. 거울이 달린 옷장, 두 개의 침대 머리맡 협탁, 모조 페르시아 양탄자가 갖춰진 평범한, 그러나 괜찮다고 할 수 있는 침실이었다.

1층 복도에서는 앙리가 인부들이 소형 트럭에 장막들을 싣고 있는 모습을 초점 없는 눈으로 지켜보고 있었다. 그는 왁스 칠 한 계단을 삐걱거리며 내려오고 있는 매그레와 자신의 어머니에게는 눈도 돌리지 않았다.

무질서한 분위기가 집 안에 가득 차 있었다. 하녀는 손에 1리터들이 적포도주 한 병과 잔들을 든 채 작업복 차림의 두 남자가 피아노를 질질 끌고 있는 응접실로 부리나케 들어갔다.

「아, 괜찮을 거요!」 어느 무관심한 음성이 내뱉는 소리가 들렸다.

이때 매그레는 아직까지 한 번도 느끼지 못했던 어떤 직감에 사로잡혔고, 그 느낌은 순간 그를 당황스럽게 했다. 모든 진실이 여기에 있는 것 같았다. 이 주위, 여기저기에 흩어져 있는 것 같았다. 지금 그가 보고 있는 모든 것은 무의미하지 않았다.

하지만 문제는 지금 그 진실이 상(相)을 왜곡시키는 일종의 안개에 의해 가려져 있었다는 사실이었다. 그리고 이 안개는 집요하게 머물러 있었다. 무엇이 이 안개를 이루고 있었던가? 그것은 우선 솟구치는 감정을 꽂꽂한 자세로 억누르고 있는 저 여인이었다. 또한 그것은 금고보다도 더 단단히 잠겨 있는 긴 얼굴의 앙리이기도 했다. 또 그것은 실려 가고 있는 저 검은 장막들이었다. 아니, 그것은 모든 것이었고, 특히나 지금 자신의 존재를 침입자처럼 느끼고 있는 매그레 자신의 거북한 감정이었다.

그는 이 분홍 시류칠을, 수사에 무슨 소용이 있는 긴

지 제대로 설명조차 할 수 없는 이 물건을 도둑놈처럼 빼 들고 가는 자신이 너무도 부끄러웠다. 할 수만 있다면 저 위층에 오랫동안 남아 있고 싶었다. 죽은 이의 서재에 혼자 앉아 있어 보고 싶었다. 에밀 갈레가 그〈완벽한〉낚시도구들을 만들었다는 헛간에서도 한번 서성거려 보고 싶었다.

이렇게 그는 잠시 머뭇거리고 있었다. 모든 이가 복도에 서 있었다. 점심 식사 시간이었고, 갈레 모자(母子)가 이 경찰관이 떠나기를 바라고 있다는 것은 분명한 사실이었다.

자글자글 끓고 있는 양파 냄새가 부엌에서 새어 나오고 있었다. 하녀 역시 눈치만 살피면서 어찌할 바를 모르고 있었다.

이 어색한 순간에 각자 할 수 있는 유일한 일은 응접실을 원래 상태로 되돌려 놓는 미장이들의 작업을 구경하는 것뿐이었다. 인부 중 하나가 한 술 쟁반 밑에서 갈레의 사진을 찾아냈다.

「제가 이걸 가져가도 되겠습니까?」 매그레가 미망인에게 몸을 돌리며 물었다. 「도움이 될 수 있을 것 같아서요……」

그는 앙리가 경멸의 빛이 더욱 분명해진 눈으로 자신을 지켜보고 있음을 느꼈다.

「꼭 필요하시다면······. 제게 그 사람 사진이 거의 없긴 하지만······.」

「반드시 돌려 드릴 것을 약속하겠습니다.」

그는 여전히 떠날 결심을 못 하고 있었다. 인부들이 커다란 모조 세브르산(産) 자기 항아리를 마구 다루며 옮기자, 갈레 부인은 황급히 달려갔다.

「조심해요! 문틀에 부딪히겠어요······.」

이미 몇 차례 느낀 바 있는 느낌이 다시 한 번 매그레의 어깨를 짓눌러 왔다. 고통과 기괴함, 비극과 옹색함이 뒤섞인 기이한 분위기 말이다. 그 기이한 분위기는, 매그레가 산 모습으로는 한 번도 보지 못한 에밀 갈레가 눈은 간 질환으로 납빛이 되고, 가슴은 푹 꺼지고, 어색하게 재단된 모닝코트를 입은 모습으로 조용히 떠돌고 있는 듯한 이 황량한 집 안에 감돌고 있었다.

그는 초상을 분홍 서류철 안에 끼워 넣었다. 그러고는 머뭇댔다.

「부인, 다시 한 번 실례를 범해야겠는데요······. 내가 지금 갑니다만······ 얘기를 나눌 수 있게끔 아드님이 잠시 나와 함께 걸어 주실 수 있었으면······.」

갈레 부인은 불안감을 제대로 감추지 못하고 앙리를 쳐다보았다. 그녀 역시 느끼고 있었던 것이다. 그 품위 있는 태도, 그 절도 있는 거동, 그리고 녹에 누른 그 삼중의 돌 묵주에도 불구하고, 〈여기에 무언가가 있음〉을 느끼고 있는 게 분명했다.

하지만 청년은 무관심한 표정으로 걸어가, 크레이프 띠가 둘린 자신의 모자를 모자걸이에서 집어 들었다.

이 출발은 일종의 도주와도 같았다. 서류철은 무거웠다. 안에 든 종이들이 끊임없이 쏟아져 나오려 하는 허술한 판지 커버에 불과했다.

「그걸 싸 갈 신문지가 필요하지 않으세요?」 갈레 부인이 물었다.

매그레는 벌써 밖에 나와 있었다. 하녀는 테이블보와 나이프들을 들고 식당으로 향했다. 앙리는 묵묵히 역을 향해 걸었다. 키는 한층 커 보였고, 시선은 포착하기 힘들었다.

두 남자가 집에서 3백여 미터 떨어진 곳까지 걸어왔을 때, 미장이들은 소형 트럭에 시동을 걸고 있었다. 반장은 입을 열었다.

「두 가지만 알아보고 싶소. 우선 엘레오노르 부르상의 파리 주소하고…… 당신 거처 주소와 당신 근무처 주소요.」

그는 호주머니에서 연필을 꺼내, 들고 있는 분홍 서류철 표지에 적기 시작했다.

엘레오노르 부르상, 튀렌 가 27번지. 소브리노 은행,

보마르셰 대로 117번지. 앙리 갈레, 라 로케트 가 19번지, 벨뷔 호텔.

「이게 전부입니까?」 청년이 물었다.
「그래요……. 고맙소!」
「자, 그러시다면, 이제 살인범 잡는 일에 전념할 수 있기를 빌겠습니다.」

그는 자기 말에 상대가 어떤 반응을 보이는지 확인하려 하지조차 않았다. 다만 모자챙에 슬쩍 손을 대 작별 인사를 대신하고는, 택지 개발지 통행로를 다시 걸어 올라가기 시작했다.

매그레가 역에 거의 다 왔을 때, 소형 트럭이 그를 앞질러 갔다.

이날 마지막 정보를 수집하게 된 것은 순전한 우연이었다. 매그레는 기차가 지나가기 한 시간 전에 역에 도착했다. 그는 인적 없는 대합실, 구름 같은 파리 떼 한가운데 혼자 있었다.

그때 우체부 하나가 자전거를 타고 도착하는 게 보였다. 뇌졸중이 의심될 정도로 목이 자줏빛으로 물든 그 우체부는 짐을 올려놓는 탁자 위에 우편물 자루들을 올려 정리하고 있었다.

「댁이 레 마르그리트에 우편물을 배달하오?」 반장이

질문했다.

그때까지 매그레를 보지 못하고 있던 우체부는 깜짝 놀라 몸을 휙 돌렸다.

「무슨 일이시죠?」

「경찰이오! 한 가지 알아보고 싶어서요. 갈레 씨에게 배달하는 우편물이 많소?」

「많으냐고요? 아뇨! 그 불쌍한 양반이 일하던 회사가 정해진 날짜에 보내오는 편지들이 있죠. 그리고 신문들도 좀 있고……」

「어떤 신문들이죠?」

「지방 신문들이죠. 특히 베리 주와 셰르 주 신문들요. 잡지도 좀 있고요. 『전원생활』, 『사냥과 낚시』, 『성(城)의 삶』 같은……」

반장은 상대방이 자신의 시선을 피하고 있다는 것을 알아챘다.

「생파르조에 국(局) 유치 우체국[10]이 있소?」

「무슨 말씀이신지?」

「갈레 씨가 다른 편지들도 받지 않았느냐는 말이오.」

우체부의 얼굴에 갑자기 동요의 빛이 떠올랐다.

「뭐…… 형사님께서 아는 것 같고, 그 양반은 이제 작

---

10 여행 등을 떠나 거주지에 부재하게 된 수신인이 찾아갈 때까지 우편물을 보관하는 프랑스 공공시설.

고하셨으니……. 그리고 나도 규정을 어긴 것도 없으니…….」 그가 우물거렸다. 「그 양반은 내게 다만 이런 부탁을 하셨어요. 어떤 편지들은 자기 집 편지함에 넣지 말고, 자기가 여행에서 돌아올 때까지 보관하고 있어 달라고…….」

「어떤 편지들이오?」

「아, 많지는 않았어요. 두세 달에 한 번씩 올까 말까……. 파란 싸구려 봉투들이었죠. 주소는 타자기로 쳐져 있고…….」

「발신인 주소는 적혀 있지 않았소?」

「주소요? 아뇨! 하지만 발신인을 착각할 염려는 없었어요. 봉투 뒷면에, 역시 타자 글씨로, 〈발신: 자코브 씨〉라고 적혀 있었으니까요. 근데 내가 뭐 잘못한 거라도 있나요?」

「그 편지들은 어디서 온 걸로 되어 있었소?」

「파리요.」

「몇 구(區)인지는 모르시오?」

「들여다보기는 했었는데…… 매번 달라졌어요.」

「마지막 편지가 온 게 언제요?」

「잠깐만요……. 오늘이 29일이죠? 수요일이고……. 그렇다면 지난주 목요일 저녁이었어요. 하지만 갈레 씨를 본 것은 금요일 아침이었죠. 그 양반이 낚시하러 가고 있을 때…….」

「그래서, 편지를 받고 낚시를 가던가요?」

「아뇨. 그냥 집으로 돌아갔어요. 평소처럼 5프랑을 주시고는……. 그 양반이 살해되었다는 소식을 들었을 때 내 맘이 좀 그렇더라고요……. 형사님 생각에는, 혹시 그 편지가……?」

「그는 바로 그날 떠났소?」

「네……. 잠깐! 지금 믈렁행 열차를 기다리고 계신 것 아닌가요? 방금 철도 건널목 쪽에서 종소리가 났는데……. 뭐, 거기에 대해 더 얘기하셔야 하나요?」

매그레에게는 플랫폼으로 달려 나가 하나밖에 없는 일등 객차에 뛰어오를 시간밖에는 없었다.

4
왕당파들의 사기꾼

 라 루아르 호텔에 두 번째 도착한 매그레는, 자신을 특별 손님 대접하듯 사뭇 은근한 태도로 맞아 주는 타르디봉 씨에게 건성으로 대꾸하고 있었다. 타르디봉은 반장을 객실로 데리고 가서는, 호텔 주소로 도착한 큼직한 노란 봉투들을 보여 주었다.

 법의관의 부검 보고서, 그리고 군경대와 느베르 경찰서가 각각 보낸 조서들이었다.

 한편 루앙 경찰서도 출납원 이르마 스트로스의 신상에 관한 보충 자료들을 보내왔다.

「이게 다가 아니랍니다!」 호텔 주인이 신이 나 외쳤다. 「군경대 소속 경사가 반장님을 뵈러 왔어요. 도착하시면 곧바로 자기에게 전화해 달라고 하더군요. 또 벌써 세 번이나 찾아온 여자도 한 명 있고요. 아마 북 공고인이 알리는 소리를 듣고 왔을 겁니다.」

「어떤 여자요?」

「카뉘 어멈이요. 저기 맞은편에 사는 정원사 마누라……. 왜, 이 앞에 조그만 성이 하나 있다고 말씀드렸던 거, 기억나십니까?」

「그 여자가 아무 얘기도 하지 않던가요?」

「그렇게 멍청한 여자는 아니죠! 지금 보상금이 걸려 있는데, 누구 좋으라고 정보를 입 밖에 내겠어요? 만일 뭔가를 알고 있다면 말이죠…….」

매그레는 분홍 서류철과 갈레의 사진을 탁자 위에 내려놓았다.

「그 여자 좀 찾아다 주시오. 그리고 전화로 군경대 좀 불러 주시고.」

잠시 후 그는 군경대 경사와 전화로 연결되었다. 경사는 알려 주기를, 자신은 상부의 지시에 따라 반경 4킬로미터 내에 어정거리는 모든 부랑자들을 잡아들여, 지금 감호 중이라는 거였다.

「흥미로운 자라도 있소?」

「그냥 부랑자들이죠!」 이게 경사의 간단한 대답이었다.

3~4분 동안, 방에 혼자 남은 매그레는 수북이 쌓인 자료들 앞에 우두커니 앉아 있었다. 여기에 그는 또 다른 자료들까지 기다리고 있었다! 파리에 전보를 쳐 앙리 갈레와 그의 정부에 대한 정보를 요청했던 것이다. 또 혹시나

하는 마음에 오를레앙에 클레망 씨라는 사람이 존재하는지 알아보고자 연락을 해놓은 터였다.

어디 이뿐인가? 그는 범죄가 일어난 방, 그리고 부검 후 그 방에 가져다 놓고는 아직 손도 대지 않은 죽은 이의 의복도 조사해야 했다.

처음에 이것은 대수롭지 않은 사건처럼 보였다. 어느 모로 보나 평범한 소시민인 한 남자가, 한 호텔방에서, 미지의 인물에 의해 살해된 것이다.

그런데, 이후 정보가 하나하나 입수됨에 따라 문제는 단순해지기는커녕 점점 더 복잡해지고 있었다.

「반장님! 이 여자를 방에 올려 보낼까요?」 안뜰에서 누군가가 소리쳤다. 「카뉘 어멈입니다!」

아주 억세 보이는 몸매, 그리고 제법 의젓한 표정의 아낙 하나가 방에 들어왔다. 이 만남을 위해 평소보다 깨끗이 차려입었음에 분명한 그 여인은 대뜸 시골 여인 특유의 경계심 가득한 눈으로 매그레를 살폈다.

「나한테 뭔가 말할 게 있소? 클레망 씨에 대해서?」

「이번에 죽었고, 얼굴이 신문에 나오신 양반에 대해서유. 형사님이 50프랑 준다는 게 사실인가유?」

「아주머니가 6월 25일에 그를 보았다면, 물론 드리지!」

「만약 내가 두 번 봤다면유?」

「뭐 그렇다면, 어쩌넌 1백 프랑을 받을 수도 있겠지!

어디 얘기해 보시오…….」

「우선 우리 남편에게 아무 말도 안 하겠다고 약속해 줘유. 그건 그 사람이 우리 주인을 좋아하기 때문이라기보담두, 1백 프랑이 생긴 걸 알게 되면 분명히 들고 나가 술을 퍼먹을 것이기 때문이지유……. 물론 나도 내가 말했다는 걸 티뷔르스 씨가 몰랐으면 해유……. 왜냐, 그날 내가 봤거든유……. 우리 주인이 그 살해당한 양반과 같이 있는 걸……. 이게 첫 번째 본 건데, 오전 11시 즈음이었어유……. 두 사람이 정원을 함께 산책하고 있었어유.」

「분명히 그 사람인 걸 알아봤소?」

「지금 내 앞에 있는 형사님을 알아보듯이유……. 그렇게 흔한 생김새는 아니잖어유……. 그렇게 두 사람은 한 시간은 족히 얘기를 나눴을 거예유……. 그리고 오후에는 응접실 유리창을 통해 보니까, 응접실에서 두 양반이 뭔가 말다툼을 벌이고 있는 것 같았어유…….」

「그때가 몇 시였소?」

「5시 종이 울렸을 때여유……. 그러니 내가 분명히 두 번 본 거지유? 그렇쥬?」

그리고 그녀는 지갑에서 1백 프랑짜리 지폐를 꺼내는 매그레의 손에서 시선을 떼지 않았다. 그러면서 그 토요일에 클레망 씨를 끝까지 쫓아다니지 못한 게 천추의 한이 되는 듯이 땅이 꺼져라 한숨을 쉬는 거였다.

「그런데 그날 그 양반을 세 번째로 봤어유.」 그녀는 주저하며 다시 입을 열었다. 「하지만 아마 이건 계산이 되지 않을 것 같네유……. 몇 분 후 티뷔르스 씨는 그 양반을 철책 문까지 바래다주었지유…….」

「물론 그건 계산이 안 되지!」 매그레는 그녀를 문 쪽으로 밀어내며 잘라 말했다.

그는 파이프에 불을 붙이고 모자를 쓴 다음, 카페에 내려가 타르디봉 앞에 딱 멈춰 섰다.

「생틸레르 씨가 그 작은 성에 산 지 오래됐소?」

「한 20년 됩니다.」

「그는 어떤 사람이죠?」

「아주 호인이죠! 작달막한 키에 뚱뚱하고 쾌활한 양반이에요! 그리고 소탈하고요! 여름철에 여기 투숙객들이 있을 때는 볼 기회가 별로 없어요. 아무래도 우리와는 노는 물이 다른 사람이니까요……. 하지만 사냥철이면 여기 자주 들르곤 합니다.」

「가족은 있어요?」

「홀아비예요. 우리는 그를 성(姓)으로 부르지 않고, 항상 티뷔르스 씨라고 부르죠. 이름치고는 특이한 이름이라서 말예요. 저기 언덕에 보이는 포도밭이 모두 그 양반 겁니다. 그가 직접 관리하죠. 또 이따금 파리에 가서 한바탕 신나게 놀고는, 내려와서는 다시 징 박힌 신으로 갈아 신곤 하지요…….[11] 그런 사람인데 카뉘 어멈이 무슨 할 말이 있었는지 모르겠네요.」

「지금 그 사람이 집에 있을 것 같소?」

「그럴 가능성이 있어요. 오늘 그 양반 자동차가 지나가는 걸 못 봤으니까.」

매그레는 강변 쪽의 철책 문에 이르러 초인종을 눌렀다. 주위를 둘러보니, 루아르 강은 호텔에서부터 시작하여 굽이를 돌고 있었고, 그렇게 강으로 둘린 땅에서 저택은 맨 끝에 위치해 있었다. 그렇다면 이 저택은 하루 중 어느 때라도 사람들의 눈에 띄지 않고 드나드는 것이 가능하다는 얘기였다.

타르디봉이 말한 바 있는 이 철책 문은 통행을 위해 성벽을 뚫어 낸 입구를 막고 있는 것으로, 성벽은 이 문 저쪽으로 약 2백~3백 미터 정도 더 뻗어 있었고, 그다음에는 무성한 잡목림밖에는 보이지 않았다.

콧수염의 양 끝을 길게 늘어뜨리고, 정원사용 앞치마를 두른 사내 하나가 나와 문을 열어 주었다. 반장은 훅 끼치는 술 냄새로 미루어 아마도 카뉘 부인의 남편이리라고 결론지었다.

「자네 주인, 집에 계신가?」

---

11 과거 프랑스 시골에서는 땅에 자갈이 많아 신발이 빨리 닳았다. 그래서 농부들은 나막신을, 여유 있는 사람은 징 박힌 신을 신었다.

이와 동시에 매그레는 셔츠 바람으로 살수(撒水) 장치를 살펴보고 있는 한 인물을 발견했다. 정원사의 시선은 그가 바로 티뷔르스 드 생틸레르라는 사실을 증명하고 있었는데, 그는 기계를 내려놓고 방문객에게 몸을 돌리고는 기다렸다.

정원사가 우물쭈물하고 있자, 그는 잔디 위에 던져둔 웃옷을 집어 들고 문 쪽으로 다가왔다.

「나를 찾아오셨소?」

「수사국 매그레 반장입니다. 대화를 위해 잠시 시간 좀 내줄 수 있겠습니까?」

「또 그 살인 사건 얘긴가요?」 성주(城主)는 라 루아르 호텔 쪽을 턱으로 가리키면서 투덜대듯 말했다. 「내가 무슨 도움이 되어 드릴 수 있겠습니까? 자, 이쪽으로 오세요. 응접실로는 모시지 않겠습니다. 하루 종일 벽이 햇빛에 달궈져 더울 거거든요. 이 등나무 정자 밑이 더 좋을 겁니다. 바티스트! 잔하고 샴페인 좀 가져와! 제일 안쪽에 보관되어 있는 걸로.」

그는 호텔 주인이 묘사한 그대로였다. 작달막하고 통통한 몸집에 얼굴색은 불그레했으며, 마디가 짤막한 손은 농사꾼처럼 거칠었다. 위아래에 걸친 카키색 복장은 생테티엔 매뉴팩처[12]에서 생산해 한정 판매하는 사냥복

12 자본주의 초기에 발견된 수공업식 협업 공장.

이었다.

「클레망 씨를 아십니까?」 매그레는 철제 안락의자에 앉으며 물었다.

「신문을 보니까 그건 그 사람 본명이 아니던데요? 뭐라더라……? 그를레……? 젤레……?」

「갈레요! 뭐, 그건 중요한 게 아니고! 그와 무슨 관계라도 있으신지요?」

매그레가 느끼기에, 지금 이 순간 상대방은 아주 편안해 보이지는 않았다. 그는 매그레의 시선이 거북하기라도 한 듯, 몸을 기울여 정자 밖으로 내밀고는 이렇게 웅얼거리는 거였다.

「잘못하면 저 바보 같은 바티스트 녀석이 〈드미세크〉[13]를 가져올 수도 있겠어! 반장님도 나처럼 〈세크〉를 더 좋아하시겠죠? 이건 우리 농원에서 샹파뉴 전통 방식으로 만든 포도주예요……. 그런데 클레망 씨에 대해선 ─ 계속 이 이름으로 불러도 상관없겠죠 ─ 글쎄, 무슨 말을 해야 할까요? 내가 그 사람하고 무슨 관계가 있다고 말한다면 좀 지나친 말이 될 것 같고……. 또 그 사람을 한 번도 본 적이 없다고 하는 것도 정확한 말이 아니겠고…….」

---

13 *demi-sec*. 당도에 따른 샴페인의 한 종류. 1리터당 당분이 33~55그램 포함되어 있는 비교적 달콤한 것이다. 아래의 〈세크*sec*〉는 당도가 17~35그램으로 달콤하기가 중간 정도이다. 그리고 샴페인은 원래 프랑스 샹파뉴 지방에서 제조되는, 거품이 이는 포도주를 일컫는 말이다.

그가 이렇게 말하고 있을 때, 매그레는 앙리 갈레와의 신문을 생각하고 있었다. 두 사람의 태도는 완전히 달랐다. 희생자의 아들은 호감이 가는 모습을 보이려는 노력을 조금도 하지 않았고, 자신의 태도가 이상하게 비칠 수도 있음을 알면서도 전혀 개의치 않았다. 그는 의심과 경계심이 가득한 얼굴로 반장의 질문을 기다렸다가, 뜸을 들여 가며 단어를 신중히 선택해 대꾸하곤 했다.

티뷔르스는 달랐다. 그는 호들갑스러울 정도로 수다를 떨어 댔고, 미소 지으며 두 손을 쉴 새 없이 흔들어 댔으며, 분주히 왔다 갔다 하면서 최대한 사람 좋은 모습을 보이려 애쓰고 있었다.

하지만 두 사람 모두에게서 어떤 동일한 불안감이, 무언가를 드러낼지도 모른다는 두려움 같은 것이 은연중에 느껴졌다.

「아실지 모르겠지만…… 우리처럼 성주로 지내는 사람한테는 말이죠, 그야말로 별의별 인간들이 다 찾아온답니다! 내가 말하는 것은 뜨내기들, 세일즈맨들, 행상들만이 아니에요……. 그 클레망 씨 얘기로 돌아와 보자면…… 자, 샴페인이 왔네요! 바티스트, 자넨 됐어! 이젠 가봐도 된다고……. 살수기는 내가 금방 가서 손볼 거야. 절대로 건드릴 생각 하지 말라고…….」

그는 이렇게 말하면서 천천히 마개를 뽑은 다음, 한 방울도 흘리지 않고 잔을 채웠다.

「간단히 얘기해서 그는 여기 한 번 왔었어요. 그것도 오래전 얘기죠. 아마 들으셨겠지만, 우리 생틸레르 가는 아주 오래된 옛날 가문이고, 현재 나는 이 가문의 마지막 후손이에요⋯⋯. 이렇게 쇠락한 가문이다 보니, 지금 내가 파리나 어딘가의 어느 사무실에서 말단 직원으로 앉아 있지 않은 게 정말 기적이지요⋯⋯. 아시아에서 거금을 모은 사촌의 유산이 아니었다면 말입니다! ⋯⋯자, 내가 말씀드리고 싶었던 것은 간단히 말해서, 이 나라의 모든 귀족 연감에 내 이름이 실려 있다는 사실이지요. 내 선친은 지금으로부터 40여 년 전에 강력한 정통 왕당파적 주장을 펼치셔서 유명했던 분이기도 하고요⋯⋯. 그런데 나는, 뭐, 아시겠지만⋯⋯!」

그는 미소를 지으며 샴페인을 쭉 들이켠 다음, 가장 서민적인 방식으로 혀로 딱 소리를 냈다. 그러고 나서는 매그레도 잔을 비우기를 기다렸다가 다시 잔을 채워 주었다.

「그러니까 우리의 클레망 씨 얘기로 돌아와 보자면, 나로서는 생판 모르는 이 사람이 불쑥 찾아와서는 프랑스와 외국의 대공들이 써줬다는 추천서 같은 것들을 내게 읽게 하는 거예요. 그러면서 뭐라더라, 자기가 프랑스 정통 왕당파 운동의 비공식적 대표자인지 뭔지라며 설을 풀더군요······. 나는 그냥 듣고만 있었죠······. 그러니까 아니나 다를까, 슬그머니 본론을 꺼내는 거예요······. 이 운동의 홍보 기금이 필요하다며 2천 프랑을 요구하더군요. 내가 거절하니까, 어떤 가문인가가 지금 비참한 상태에 빠져 있는데, 그들을 돕고자 모금 운동이 일고 있다고······. 그런 식으로 2천 프랑에서 1백 프랑까지 내려갔어요. 결국 나는 50프랑을 내주고 말았죠.」

「그게 얼마 전의 일입니까?」

「몇 달 됐어요! 정확히는 모르겠지만요. 사냥철이었죠. 이 근방의 성들이 돌아가면서 벌이는 식으로 해서, 거의 매일같이 몰이사냥이 있었던 때예요. 그런데 난 돌아다니는 곳마다 그 인간 얘기를 듣게 되었고, 그가 일종의 전문 사기꾼이라고 확신하게 되었어요. 하지만 내가 그깟 50프랑 때문에 누구를 고소할 수는 없는 노릇 아닙니까, 안 그래요? ······자, 건배합시다! ······그런데 일전에 이자가 얼굴도 두껍게 또 찾아왔더라고요. 네, 그랬어요!」

「그게 언제죠?」

「후우······. 지난 주말이었던가······.」

「토요일이겠죠. 그것도 두 번이나 찾아왔겠고. 제가 아는 게 정확하다면 말입니다.」

「우와, 반장님, 대단하십니다! 맞아요, 두 번이에요. 오전에 왔을 때는 내기 안 보겠다고 했죠······. 그러니까 오후에 내가 정원을 산책하고 있는데 또 와서 달라붙더라고요.」

「돈을 원하던가요?」

「그럼요! 지금은 기억도 안 나는 어떤 핑계를 주워대면서요. 뭐 여전히 왕정복고에 관련된 그런 얘기들이었죠……. 자, 어서 그 잔 쭉 비우시라고요! 병에 든 거 남겨서 뭐하겠어요? 아, 근데 말이죠! 그 사람이 자살했다는 생각은 혹시 안 드시나요? 뭔가 막바지에 몰려 있는 그런 사람 같던데…….」

「총격은 7미터 거리에서 가해졌고, 권총은 발견되지 않았습니다.」

「그렇다면야……. 분명하군요! 반장님은 어떻게 생각하십니까? 혹시 어떤 부랑자가 거길 지나가다가…….」

「그렇게 보기는 힘듭니다. 방의 창문 앞을 지나는 길은 오직 선생의 사유지로만 통하고 있거든요…….」

「완전히 폐쇄된 문이 나올 뿐이죠!」 생틸레르는 항의하듯 말을 끊었다. 「그 쐐기풀 길의 철책 문은 이미 오래전부터 잠겨 있고, 나는 열쇠가 어디 있는지도 잘 모르겠어요……. 샴페인 한 병 더 올리게 할까요?」

「고맙습니다……. 그런데 그때 아무 소리도 못 들으셨겠죠?」

「듣다뇨? 뭘?」

「토요일 저녁에 총성을……」

「전혀요! 난 일찍 잠자리에 들었어요. 살인 사건에 대해서는 다음 날 아침 하인을 통해 알게 됐죠.」

「그때 클레망 씨가 이 집에 찾아왔다는 사실을 경찰에 알릴 생각을 하지는 않으셨습니까?」

「허허! 사실 말이죠……」

그는 자신의 동요를 감추기 위해 짐짓 웃음을 터뜨렸다.

「난 그 불쌍한 녀석이 천벌을 받았나 보다, 라고 생각하고 말았어요. 나같이 귀족 이름을 갖고 있는 사람은 말이죠, 자기 이름이 사교계 기사 말고 다른 식으로 신문에 나는 걸 별로 좋아하지 않는답니다.」

지금 매그레를 사로잡고 있는 것은, 후렴처럼 집요하게 되돌아오고 있는 그 모호하고도 기분 나쁜 느낌이었다. 에밀 갈레의 죽음을 둘러싸고 있는 모든 것들은 뭔가 허위의 냄새를 풍기고, 뭔가 삐걱대고 있었다. 죽은 당사자부터 시작해 그 아들의 목소리, 그리고 티뷔르스 드 생틸레르의 웃음소리에 이르기까지!

「지금 타르디봉의 호텔에 묵고 계시나요? 아, 좋은 사람이죠! 그 사람이 옛날에 어떤 성(城)의 요리사였다는 사실을 알고 계세요? 지금은 돈푼깨나 모았죠! 안 그렇습니까? ……한 잔 더? ……저 천치 같은 정원사 녀석이 살수 장치를 고장 내놨어요. 이런 일이 생기면 내가 직접 수리하곤 하지요. 이런 시골에 있으면 모든 걸 할 줄 알아야 한답니다……. 반장님, 여기 며칠 더 계실 거면, 저녁마다 가끔 들러 나하고 얘기나 하시죠. 저 관광객들이 소란을 피워 대는 호텔에서 지낸다는 건 도저히 못할 짓이니까요…….」

철책 문까지 배웅 나온 그는 내밀지도 않은 반장의 손을 꼭 쥐더니, 지나칠 정도로 다정하게 흔들어 대는 것이었다.

루아르 강을 따라 걸으며, 매그레는 두 가지를 머릿속에 메모해 두었다. 첫째, 티뷔르스 드 생틸레르는 북 공고인의 고지를 통해 클레망 씨의 토요일 행적을 경찰이 매우 중요하게 여기고 있다는 사실을 뻔히 알고 있었을 텐데도, 반장이 이미 모든 사정을 알고 있다는 사실을 눈치채고 나서야 비로소 입을 열었다.

둘째, 그는 최소한 한 번은 거짓말을 했다. 자기는 토요일 오전에 방문자를 영접하지 않았으며, 오후에는 정원에서 산책하고 있는데 〈클레망이 달라붙었다〉는 게 그의 주장이었던 것이다.

그런데 두 사람이 함께 정원을 산책한 때는 오전이었다. 그리고 오후에는, 그들은 분명히 〈저택의 응접실 안에서〉 대화를 나누고 있었다.

「그렇다면 다른 말들도 거짓일 수 있다는 얘기군!」 반장은 결론을 내렸다.

그는 쐐기풀 길 부근에 이르렀다. 한편에는 석회로 초벽을 바른 성벽이 생틸레르의 드넓은 정원을 에워싸며 우뚝 솟아 있었고, 그 바로 맞은편에는 라 루아르 호텔에 속한 단층 건물 한 채가 서 있었다.

땅바닥은 웃자란 잡초며 엉겅퀴며 하얀 쐐기풀 등으로 어지러이 덮여 있었고, 그 가운데로 말벌들이 신나게 돌아다녔다. 한편, 참나무들이 이상적인 그늘을 드리운 이 길은 한 1백여 미터 정도 이어지다가, 아주 순수한 양식의 오래된 철책 문 앞에서 끝나고 있었다.

매그레는 호기심에 이끌려 그 철책 문 앞까지 올라가 보았다. 영지 주인의 말에 따르면 몇 해 동안 닫혀 있었고, 열쇠도 잃어버렸다는 문 말이다. 그런데 두껍게 슨 녹으로 덮여 있는 자물쇠를 가까스로 들여다보았을 때, 녹이 최근에 벗겨진 자국이 군데군데 나 있는 것이 눈에 띄었다. 그뿐이 아니었다! 더 자세히 들여다보니, 그 복잡한 자물쇠 구멍으로 어떤 열쇠가 들어가면서 남겼음에 분명한 긁힌 자국들까지 보였다.

「내일 와서 사진을 찍어 두어야겠군!」 그는 이렇게 마음먹었다.

그러고는 발길을 돌려 고개를 숙이고 걸으면서, 머릿속으로 갈레 씨의 윤곽을 정리해 보려 했다. 그동안 새로

얻은 요소들로 일종의 업데이트를 하려고 애써 보았다.

이 인물은 다양한 면모들이 서로 보완되어 보다 이해할 수 있는 존재로 그려지지 않고, 자꾸만 그의 손길을 빠져나가고 있지 않은가? 지나치게 꼭 조이는 모닝코트 차림을 한 이 사내의 모습은 갈수록 뒤죽박죽되어, 결국 인간적인 면이라고는 조금도 느껴지지 않는 존재가 되어 버리고 있지 않은가?

갈레의 사진, 유일하게 구체적인 이미지이며 이론적으로는 완전하다고 할 수 있는 이 초상을 밀쳐 내고, 포착하기 힘든 흐릿한 이미지들이 대신 들어서고 있었다. 서로 협력하여 하나의 단일한 인간을 이루어야 옳겠지만, 실제로는 서로 겹쳐지기를 거부하고 있는 이 혼란스러운 이미지들이 말이다.

반장의 뇌리에는 등 뒤에서 의사가 안달하고 있을 때 학교 안뜰에서 보았던 그 반밖에 남지 않은 얼굴, 그 바짝 말랐으면서도 털이 수북한 가슴이 다시 떠올랐다. 하지만 바로 다음 순간, 에밀 갈레가 만들었다는 생파르조의 파란 나룻배와 낚시 도구들이 뒤를 이었다. 그리고 연보랏빛 실크 옷을 입은 갈레 부인, 그다음에는 검은 베일로 얼굴을 가린 갈레 부인, 평온하면서도 뭔가 부자연스러운 소시민 계급의 정수(精髓)처럼 느껴지는 그 모습들도 나타났다.

또 갈레가 그 앞에서 모닝코트를 입었을 거울 달린 옷장……. 그리고 그가 더 이상 속해 있지도 않은 회사의 두서가 찍힌 그 모든 서신들……! 세일즈맨 일을 그만두고 18년 동안 세심하게 작성해 온 그 월례 명세서들……!

〈오히려 그 자신이 사야 했을〉 그 머그잔들이며, 그 타르트 삽들……!

「잠깐! 그러고 보니 그의 견본 트렁크가 아직 발견되지 않았군!」 길을 걷던 매그레는 문득 깨달았다. 「분명히 어딘가에 맡겨 두었을 텐데…….」

그는 살인범이 희생자를 총으로 겨누었을 창문 앞 몇 미터 되는 곳 앞에 이르러 기계적으로 발을 멈췄다. 그러나 다가가서 그 창문을 살피려 하지조차 않았다. 그는 약간 흥분해 있었다. 조금만 더 애를 쓰면 에밀 갈레의 모든 양상들이 하나의 이미지로 합쳐질 수도 있겠다는 느낌이 들고 있었기 때문이다.

하지만 이때 다시 앙리의 모습이 떠오르는 거였다. 매그레가 대면한 바 있는 그 뻣뻣하면서도 안하무인적인 태도의 인물과, 첫 영성체 예복 차림의 뭔가 불균형해 보이는 얼굴이 동시에 나타났다.

느베르의 그르니에 형사가 〈귀찮기만 한 시시한 사건〉이라 불렀고, 매그레가 마뜩잖게 다루기 시작했던 이 사건은, 죽은 이가 괴상망측한 모습으로 변형되어 집에 따라 빠른 속도로 그 덩치가 커져 가고 있었다.

매그레는 그의 머리 근처에서 미니어처 비행기 같은 소음을 발하며 빙빙 도는 말벌 한 마리를 내쫓기 위해 열 번은 손을 휘둘러야 했다.

「18년이라……!」 그는 나지막이 중얼거렸다.

한편으로는 생파르조에서의 그 감동도 화려함도 없는 평범하고도 옹색한 삶 속에 갇혀 살면서도, 다른 한편으로는 닐 씨의 서명이 들어간 가짜 서신들과 루앙에서 재발송된 엽서들을 만들어 왔던 18년!

반장은 악당들과 범죄자들과 사기꾼들의 정신세계를 알고 있었다. 그는 이들 정신세계의 밑바닥에는 항상 모종의 격렬한 열정이 꿈틀대고 있다는 사실을 잘 알고 있었다.

그리고 그가 턱수염과 시커멓게 죽은 눈꺼풀과 과도하게 큰 입이 있는 얼굴에서 찾고 있는 것이 바로 이것이었다.

「그는 완벽한 낚시 도구들을 만들고, 낡은 시계들을 분해하며 시간을 보내는 사람이라고 했지!」

그러고는 매그레는 고개를 세차게 저었다.

「그렇다고 해서 18년 동안 거짓말을 할 수는 없어! 그렇게나 힘든 이중의 삶을 살아갈 수는 없는 노릇이라고!」

이것이 가장 기이한 점이었다. 어떤 이가 몇 달, 혹은 몇 년 동안 이중적인 상황을 지속해 나가는 것은 가능하다.

하지만 18년이라니! 그동안 갈레는 늙어 버렸다! 갈레 부인은 몸에 살이 붙었고, 품위 또한 더해졌다! 앙리는 성장했다……. 그는 첫 영성체를 받았고, 대학 입학 자격 시험을 통과했으며, 어른이 되었다……. 그는 파리에 정착했고, 마침내 정부(情婦)도 하나 갖게 되었다…….

그런데 에밀 갈레는 계속해서 닐 사의 서신들을 자신에게 보내고 있었고, 아내 앞으로 도착할 엽서들을 준비하고 있었고, 그 가짜 주문 목록들을 참을성 있게 베껴 오고 있었던 것이다!

〈그는 아파서 식이 요법 중이었어요…….〉

갈레 부인의 목소리가 또다시 귓전을 울렸다. 매그레의 정신을 온통 사로잡고 있는 이런 생각들은 그의 맥박을 빨라지게 했고, 입에 문 파이프 불이 꺼지는 것조차 모르게 하고 있었다.

「꼬리를 밟히지 않고 18년을 버텨 오다니!」

도대체 있을 수가 없는 일이었다! 반장은 경험을 통해, 이것이 얼마나 놀라운 일인지를 누구보다도 잘 알고 있었다. 이 사건만 아니었다면, 갈레는 모든 서류들을 빈틈없이 정리해 놓은 다음, 침대 위에서 아무 문제 없이 조용히 죽을 수도 있었으리라. 그리고 닐 씨는 난데없이 날아든 부고 한 장을 받아 들고는 어안이 벙벙해졌으리라……!

이는 너무도 엄청난 사실이있기에, 지금 빈정이 미끳

속으로 붓질해 가고 있는 그림에서는 뭐라고 규정하기 힘든 불안감이 스멀스멀 배어 나오고 있었다. 그것은 우리의 현실 감각에 격렬한 충격을 주는 어떤 현상들에서 느껴지는 것과 같은 종류의 불안감이었다.

그런데 우연이었을까, 무심코 고개를 들던 반장은 사건이 일어난 방의 바로 맞은편, 생틸레르 씨 사유지의 흰 담벼락에서 어두운 얼룩 하나를 발견했다.

그는 다가가 살펴보았다. 그것은 벽에 박힌 두 돌덩이 사이에 난 움푹한 공간으로 최근에 신발 끝 부분이 쑤시고 들어가기라도 한 듯 벌어져 있었고, 긁혀 있었다. 금방 눈에 띄지는 않지만, 좀 더 윗부분에도 비슷한 자국이 하나 더 있었다.

누군가 저 늘어진 나뭇가지를 붙잡고 담벼락을 기어올랐다는 얘기였다……. 자신이 직접 한번 기어올라 보려 하던 반장은 별안간 몸을 홱 돌렸다. 길 끝 부분, 루아르 강 가까운 곳에 어떤 기묘한 존재가 있다는 느낌을 받았던 것이다.

한 여인이 언뜻 눈에 들어왔다. 후리후리한 키에 튼튼해 보이는 체격, 금발 머리가 마치 그리스 조각상처럼 반듯하면서도 딱딱해 보이는 용모였다.

젊은 여인은 매그레가 몸을 돌리자 곧바로 걷기 시작했다. 그 전에 그를 줄곧 지켜보고 있었다는 증거였다.

매그레의 머리에 한 이름이 떠올랐다. 엘레오노르 부르상! 이제껏 그는 앙리 갈레의 정부를 그려 보려 한 적이 없었다. 하지만, 갑자기, 저 여자가 바로 그녀일 거라는 확신에 가까운 감정을 느꼈다.

그가 걸음을 재촉해 강변로에 이르렀을 때, 그녀는 벌써 국도가 꺾이는 곳에서 사라지고 있었다.

「조금 이따 봅시다!」 그는 지나가는 자신을 붙잡으려는 호텔 주인에게 내뱉듯 소리쳤다.

그는 잰걸음으로 걸었고, 가끔씩 뛰기도 했다. 그녀가 자신을 보지 못할 때 조금이라도 거리를 좁혀 놓겠다는 심산이었다. 그녀는 엘레오노르 부르상이라는 이름에 이상적으로 어울리는 외모였을 뿐 아니라, 앙리 같은 남자가 선택하기에 딱 적당한 그런 종류의 여자였던 것이다.

이제 길들이 교차하는 지점에 이르게 된 매그레는 속상해서 혀를 차지 않을 수 없었다. 그녀는 사라지고 없었다. 그는 한 조그만 식료품점의 어스름한 내부와 근처 대장간 안에 시선을 던져 보았으나 허사였다.

하지만 어딜 가면 그녀를 찾을 수 있는지 알고 있었기에, 그리 큰 문제는 아니었다.

5
짜디짠 연인들

그날 오전, 군경대 경사는 경찰관의 업무에 대하여 보다 매력적인 관념을 갖게 되었으리라.

숙박부를 정기 점검하고자 라 루아르 호텔에 도착했을 때, 그는 새벽 4시부터 일어나 우선은 새벽의 쌀쌀한 공기 속을, 그러고는 점점 더 따가워져 가는 별 아래 자전거를 타고 벌써 30킬로미터나 돌아다닌 뒤였다.

오전 10시였다. 대부분의 투숙객들은 강가를 산책하거나 멱을 감고 있었다. 말 장수 두 사람이 테라스에 앉아 얘기를 나누고 있었고, 호텔 사장은 냅킨 한 장을 손에 들고는 테이블과 월계수 화분 상자들의 줄을 맞추고 있었다.

「가서 반장님한테 인사하지 않으려우?」 타르디봉이 물었다.

그러고는 목소리를 낮추어 은근한 어조로 덧붙였다.

「그 양반은 사건이 일어난 방에 있어요. 자료들을 수도 없이 받았고, 파리에서 큼직한 사진들도 받았다우.」

그래서 잠시 후 경사는 노크를 한 다음, 자신의 방문에 대해 용서를 구했다.

「사장님이 자꾸 부추겨서요……. 반장님이 현장 조사를 하고 계신다는 말을 들으니, 유혹을 참을 수가 있어야죠……. 파리 경찰은 특수한 방법들을 쓴다고 알고 있어요. 만일 방해가 안 된다면, 반장님 작업하시는 거 구경하면서 한 수 배울 수 있으면 너무나도 기쁘겠구만요…….」

이 착한 남자의 둥글둥글한 분홍빛 얼굴에서는 반장의 마음에 들고 싶어 하는 순진한 욕구가 그대로 드러나고 있었다. 그는 최대한 자신을 낮추고 있었다. 징 달린 구두, 행전, 그리고 어디다 두어야 할지 모르고 엉거주춤 들고 있는 케피 모자[14]의 소유자로는 결코 쉽지 않은 태도였다.

창문은 활짝 열려 있었다. 아침 햇살은 쐐기풀 길 위에 아낌없이 쏟아지고 있었고, 역광을 받고 있는 방안은 거의 어두컴컴하게 느껴졌다. 그리고 셔츠 차림에 부착식 옷깃의 앞 단추를 풀고, 넥타이를 풀어 길게 늘어뜨린 채 잇새에 파이프를 물고 있는 매그레의 모습에서는, 군경

---

14 프랑스의 군경대원, 군인 등이 쓰는 모자로 원통형 모양에 앞 챙이 달려 있다.

으로서는 너무도 인상적이었을 여유가 풍겨 나고 있었다.
「자, 이쪽에 앉으시오! 하지만, 뭐 그다지 흥미로운 건 없을 거요…….」
「너무도 겸손하십니다, 반장님…….」
이렇게 말하는 그의 모습이 너무도 순진하여, 매그레는 고개를 돌려 미소를 감춰야만 했다. 그는 방에 이 사건과 관계있는 모든 것을 가져다 놓았다. 불그스름한 꽃무늬가 있는 옥양목으로 덮인 탁자에서 아무것도 찾아낼 게 없다는 걸 확인한 다음, 그 위에 그동안 모은 자료들을 늘어놓았다. 법의관의 보고서에서부터 그날 아침 감식과에서 보내온 범행 현장과 희생자의 사진들까지…….

또 과학적이라기보다는 미신에 가까운 감정에 이끌려, 에밀 갈레의 사진을 황동 촛대로 장식되어 있는 검은 대리석 벽난로 위에 올려놓았다.

바닥에는 양탄자가 깔려 있지 않았다. 그저 반들반들 윤이 나는 참나무 마룻바닥이었다. 그 위에, 처음 도착한 수사관들이 분필로 시체의 윤곽을, 발견된 모습 그대로 그어 놓았다.

바깥 녹음에서는 모호한 수런거림이 올라오고 있었다. 새들의 노랫소리, 잎들이 살랑거리는 소리, 파리들이 윙윙대는 소리, 도로에서 닭들이 꼬꼬댁대는 소리 등이 뒤섞인, 강렬한 생동감이 느껴지는 소리였다. 그리고 모루를 내리치는 대장장이의 망치 소리는 이 모든 것을 일정한 리듬으로 받쳐 주고 있었다.

때때로 테라스 쪽에서도 사람들 목소리가 뒤섞여 올라왔고, 자동차 한 대가 현수교 위를 굴러가는 소리도 들렸다.

「와, 자료 하나는 확실하네요! 이 정도일지는 상상도 못했습니다……」

하지만 반장은 듣고 있지 않았다. 그는 파이프를 뻑뻑 빨아 대면서 마룻바닥, 시체의 다리가 있었던 곳에 검은 모직 바지를 차분하게 펼쳐 놓았다. 상태를 보건대 10년은 족히 입고 다닌 듯 보이지만, 올이 하도 촘촘해 아직 10년은 더 입을 수 있을 성싶은 바지였다.

매그레는 마찬가지 방식으로 면 셔츠 한 장를 펼쳐 놓고, 그 위의 제 위치에 디키[15]를 올려놓았다. 하지만 이렇게 놓인 옷들 전체가 어떤 괴상하면서도 가슴 뭉클한 형태를 갖추게 된 것은 바지의 두 다리 끝에 신축 단화 한 켤레를 내려놓고 나서였다.

그것은 결코 사람의 몸과 비슷하지 않았다! 그보다는 몸을 희화화한 재현물이었다. 그 너무나도 뜻밖의 광경에 경사는 매그레에게 한 눈을 찡긋해 보이며, 어색한 웃음을 조그맣게 터뜨렸다.

15 붙이거나 뗄 수 있는 셔츠 앞깃 장식.

매그레는 웃지 않았다. 다만 그 묵직한 몸을 천천히 움직이면서, 모든 것을 집요하고도 세심하게 살피며 방 안을 왔다 갔다 했다. 그는 모닝코트를 살펴보았다. 그리고 비수에 찔린 부위에 구멍이 뚫려 있지 않은 것을 확인하고는 다시 옷걸이에 걸어 놓았다. 왼쪽 윗주머니 높이에서 찢긴 구멍이 있는 조끼는 와이셔츠 위의 제자리에 놓았다.

「자, 그는 바로 이런 식으로 옷을 입고 있었소!」 그는 나지막하게 말했다.

그는 감식과에서 보내온 사진 한 장을 참조해 자신의 작품을 다시 수정했다. 흐느적거리는 이 마네킹에 아주 높직한 셀룰로이드 부착식 옷깃 하나와 검은 새틴 나비넥타이를 추가한 것이다.

「자, 경사님, 보셨소? 토요일, 그는 8시에 저녁 식사를 했소. 식이 요법 중이라 파스타를 먹었지. 그런 다음 평소 습관대로 광천수를 마시며 신문을 읽었소. 10시가 조금 지나 그는 이 방에 들어와 모닝코트를 벗어 놓았소. 신발은 벗지 않고, 부착식 옷깃도 떼지 않은 채였고.」

사실 매그레는 그의 말 한 마디 한 마디에 고개를 끄덕이는 것을 자신의 의무라 믿으며 경청하고 있는 군경이 아닌, 바로 자기 자신에게 말하고 있었다.

「그때 칼은 어디에 있었을까? 그건 접이식 나이프였

소. 많은 사람들이 평상시 가지고 다니는 포켓형 모델이었고. 잠깐만……」

그는 다른 증거물들과 함께 탁자 위에 놓여 있는 주머니칼을 집어 들어 날을 접어 넣은 다음, 검정 바지의 왼쪽 호주머니에 집어넣었다.

「아냐, 이렇게 하니까 바지에 보기 싫은 주름이 생기는군……」

그는 다시 오른쪽 호주머니에 넣어 보았고, 이번에는 흡족한 표정을 지었다.

「자, 그의 호주머니에는 이렇게 나이프가 들어 있었지. 그는 살아 있었어. 그리고 의사에 따르면 밤 11시에서 12시 반 사이에 사망한 거지. 신발 끝에는 석회와 규석 가루가 묻어 있었소. 그런데 이 창문 맞은편에 보이는 티뷔르스 드 생틸레르의 사유지의 담벼락에서, 난 이와 같은 종류의 신발이 남긴 흔적을 발견한 거요.

그가 모닝코트를 벗은 것은 바로 그 벽을 올라가기 위함이 아니었을까? 그는 심지어 자기 집에서도 그렇게 편한 차림으로 지내는 사람이 아니었거든……. 이 사실은 절대 잊으면 안 되겠지!」

매그레는 여전히 방 안을 맴돌고 있었다. 이따금 문장을 끝맺지 못하며 반 독백을 이어 가고 있는 그는, 의자 위에 꼼짝 않고 앉아 있는 청강생에게는 눈길 한번 주지 않았다.

「여름철이라 주철 난로를 들어낸 벽난로 구멍에, 불에 탄 종이 재가 남아 있소……. 자, 그가 했음 직한 행동들을 한번 재구성해 봅시다. 코트를 벗는다, 종이를 태운다, 이 촛대의 다리 부분으로 재를 흩는다(왜냐하면 황동 촛대에 검댕이 묻어 있거든), 이 창문턱을 넘어가 맞은편 벽을 기어오른다, 같은 길을 통해 다시 여기로 돌아온다. 마지막으로 호주머니에서 나이프를 꺼내 펼친다……. 별것은 아니지만, 그래도 이렇게 일과 행동이 어떤 순서로 이루어졌는지 알고 있다면…….

따라서 밤 11시에서 12시 반 사이에, 그는 다시 여기 있었소. 창문은 열려 있었고 머리에 총알 한 발을 맞았지……. 여기에는 조금도 의심의 여지가 없어! 칼침을 맞기 전에 총을 맞은 거야……. 그리고 총은 바깥에서 발사되었지…….

그런데 갈레는 자신의 칼을 꺼내 들었소. 그렇지만 나가려고는 하지 않았지. 다시 말해 살인범이 방으로 들어왔다는 뜻이오. 7미터 거리에 떨어진 상대방과 칼부림을 하면서 싸울 수는 없는 노릇이니까…….

살인범이 들어왔다는 또 다른 증거가 있지! 갈레는 얼굴 반이 떨어져 나갔지. 상처에서는 피가 철철 흐르고 있었고. 그런데 창문 근처에서는 피 한 방울 발견되지 않앉소.

 혈흔들은 그가 직경 2미터의 원 밖으로 나가지 않았다는 사실을 증명하고 있지…….

 〈왼쪽 손목에 심한 반상 출혈〉! 부검을 한 의사는 이렇게 써놨소. 따라서 갈레는 왼손으로 자신의 칼을 들고 있었고, 그 손을 상대방이 붙잡아, 비틀어 돌려서 그를 찌른 거요.

 칼날은 심장을 관통했고, 그는 나무토막처럼 쓰러졌지. 그의 손에서 칼이 떨어졌지만 살인범은 개의치 않았소. 〈칼에 남은 것은 희생자의 지문뿐이라는 사실을 잘 알고 있었으니까.〉

 지갑은 갈레의 호주머니에 남아 있었소. 훔쳐 간 물건은 하나도 없었고. 하지만 감식반의 주장에 따르면, 이곳저곳, 특히나 가방 위에 미세한 고무 가루 같은 게 흩어져 있다는군. 누군가 장갑을 끼고 가방을 만진 것처럼 말이오.」

「희한하네요! 희한해요!」 군경은 황홀한 얼굴로 외쳐 댔다. 방금 들은 내용을 다시 말해 보라고 하면 4분의 1도 제대로 기억해 내지 못할 터였지만.

「가장 희한한 점은 고무 흔적들 말고도 약간의 녹 가루 같은 것도 발견되었다는 사실이지…….」

「아마도 권총이 녹슬었었겠죠!」

매그레는 대꾸하지 않고 창문 앞으로 가 떡 버티고 섰다. 소매가 풍성히 부풀어 오른 흰 셔츠의 편안한 옷차림, 직사각형의 눈부신 창문을 배경으로 뚜렷이 부각되는 실루엣. 정말이지 그는 거대했다![16] 그 머리 위로, 푸르스름한 연기 한 줄기가 피어오르고 있었다.

자기 자리에 얌전히 앉아 있는 경사는 저려 오는 두 다리의 위치조차 감히 바꾸지 못하고 있었다.

「제가 잡아 놓은 부랑자들을 보러 오시지는 않을 건가요?」 그는 조심스레 물었다.

「아직까지 잡혀 있소? 다 풀어 주시오!」

매그레는 머리칼을 뒤쪽으로 쓸어 올리듯이 머리를 긁적이며 탁자로 돌아와서는, 분홍색 서류철을 몇 번 톡톡 쳐보기도 하고, 늘어놓은 사진들의 위치를 바꾸어 보기도 하더니, 상대를 똑바로 쳐다보며 이렇게 말했다.

「자전거 있소? 지금 역으로 달려가 한 가지 물어봐 줄 수 있겠소? 앙리 갈레, 즉 키가 크고 마른 체구에 안색은 창백하고, 어두운색 옷차림에 뿔테 안경을 쓴 25세가량의 청년이 토요일 몇 시에 파리행 기차를 탔느냐고 말이

---

16 매그레의 신장은 180센티미터이고, 체중은 1백 킬로그램이다. 요즘의 관점에서 보면 〈거대하다〉고까지는 할 수 없을 것이다. 하지만 20세기 초 프랑스 남성의 평균 신장이 지금(약 175센티미터)보다 적어도 7~8센티미터는 작았다는 점을 감안한다면, 지금 기준으로 따지면 키는 187~188센티미터 정도에 체중도 더 나갔다고 봐야 할 것이다.

오……. 그런데, 혹시 자코브 씨라는 사람에 대해 들어 본 적 있소?」

「성경에 나오는 야곱은 들어 봤는데요…….」

에밀 갈레의 옷가지들은 시체의 캐리커처와도 같은 모습으로 여전히 마루에 펼쳐져 있었다. 군경이 문 쪽으로 걸음을 옮기고 있는데, 노크 소리가 들리더니 타르디봉이 이렇게 알렸다.

「반장님, 손님이 한 분 찾아오셨습니다! 부르상이라는 숙녀분인데, 반장님께 몇 마디 하고 싶다는군요.」

경사는 남아 있고 싶었지만, 그의 동료는 그러라는 신호를 주지 않았다. 대신 매그레는 뭔가 만족한 듯한 눈으로 방을 쓱 한번 쳐다보고는 이렇게 말했다.

「들어오라고 하시오.」

그러고는 바람 빠진 풍선처럼 널브러져 있는 마네킹 위로 몸을 굽히고는 잠시 망설이다가 묘한 미소를 짓더니, 심장 위치에 칼을 쾅 박고는, 파이프에 담배를 다져 넣는 것이었다.

엘레오노르 부르상은 밝은색 투피스 차림이었다. 조신스러운 스타일로 재단된 그 옷은 그녀를 젊어 보이게 하기는커녕, 서른이 아닌 서른다섯 정도로 보이게 했다.

스타킹은 팽팽하게 당겨져 있었고, 구두도 나무랄 데

가 없었으며, 금발 머리는 하얀 밀짚으로 짠 토크 모자[17] 아래 세심하게 정돈되어 있었다. 장갑도 끼고 있었다.

매그레는 그녀가 어떻게 자신을 소개하고 나올지 몹시 궁금해져, 그늘진 한쪽 구석으로 물러서 있었다. 타르디봉이 나가자 그녀는 창문의 강렬한 빛과 방 안을 채운 어스름이 이루는 대비가 자못 당황스러운 듯, 잠시 문턱에 멈춰 섰다.

「매그레 반장님이신가요?」 마침내 그녀는 몇 걸음 나아와 아직은 어렴풋하게만 보이는 실루엣 쪽으로 몸을 돌리며 입을 열었다. 「이렇게 불쑥 찾아와서 죄송합니다……」

그는 그녀 쪽으로 나아가, 빛 안으로 걸어 들어왔다. 그리고 문을 다시 닫고는 내뱉듯 말했다.

「자, 앉으시오!」

그런 다음, 당황스러워하는 그녀를 도와주려는 몸짓은 털끝만큼도 보이지 않고, 오히려 짐짓 퉁명스럽고도 쌀쌀맞은 표정을 하고는 그녀가 입을 열기만을 기다렸다.

「아마 앙리에게서 저에 관한 얘기를 들으셨을 거예요. 또 제가 마침 이곳 상세르에 있기도 해서, 이렇게 반장님을 찾아뵙게 되었습니다.」

그는 여전히 입을 다물고 있었지만, 그렇다고 해서 그

---

17 테가 없는 둥글고 작은 여성용 모자.

녀는 조금도 당황하는 기색이 아니었다. 계속 차분하게 얘기하는 모습이, 어떤 점에서는 갈레 부인을 떠올리게 하는 모종의 품위마저 느껴졌다.

이를테면 젊은 갈레 부인이라고 할 수 있었다. 앙리 어머니의 젊었을 때 모습보다는 약간 더 예쁜, 하지만 그녀만큼이나 한 사회 계층을 특징적으로 대변하고 있는 갈레 부인이었다.

「반장님께서는 지금의 제 상황을 이해하고 계시리라 믿어요. 그…… 끔찍한 비극이 일어난 후, 전 상세르를 뜨고 싶었어요. 하지만 앙리가 편지를 보내 남아 있으라고 충고했죠……. 반장님을 한두 번 멀리서 뵌 적 있어요. 이 살인범을 찾아내는 임무를 맡고 계신다는 말을 이 지방 사람들에게서 들었지요. 그래서 혹시 뭔가 발견하신 거라도 있는지, 찾아뵙고 여쭤 보기로 마음먹은 거지요……. 지금 제 입장은 약간 미묘하답니다. 공식적으로는 앙리 및 그의 가족과 아무 관계도 아니라서…….」

미리 준비해 온 말을 하고 있는 것 같지는 않았다. 모든 말들이 자연스럽게 흘러나왔고, 어조에는 조금도 서두름이 없었다.

옷가지들이 바닥 위에 그려 놓은 그 기괴한 형태 한가운데 꽂혀 있는 비수에 시선이 여러 번 머물렀지만, 그녀는 움찔하는 모습조차 보이지 않았다.

「그래, 당신 애인이 내 생각을 한번 떠보라고 시키던가?」 매그레가 일부러 최대한 거칠게 꾸민 말투로 불쑥 내뱉었다.

「그가 제게 시킨 일은 아무것도 없어요! 이번 일로 인한 충격으로 아무 정신이 없는 사람이에요. 저도 장례식 때 그 사람과 함께 있어 주지 못해 너무 가슴이 아프고요.」

「그를 안 지 오래됐소?」

그녀는 대화가 부지중에 신문으로 변하고 있다는 사실을 알아차리지 못하는 듯 보였다. 어조에는 변함이 없었다.

「3년 전부터요. 지금 전 서른 살이에요. 앙리는 스물다섯이고요. 또 전 과부예요.」

「파리 출신이오?」

「릴 출신이에요. 부친은 어느 방직 공장의 회계 과장이셨어요. 전 스무 살 때 한 방직 공장 기술자와 결혼했는데, 결혼한 지 1년도 못 되어 그가 기계 사고로 사망했죠. 그가 일하던 회사는 곧바로 제게 연금을 지불해야 옳았는데…… 그들은 사고가 희생자의 부주의 때문에 일어난 것이라고 주장했죠.

그래서 저도 먹고살아야 했고, 하지만 모든 사람이 절 알고 있는 도시에서는 일하고 싶지 않았기에 파리로 옮겨 가게 된 거예요. 레오뮈르 가에 있는 한 상사(商社)에

경리 직원으로 들어갔지요.

 방직 공장에는 소송을 걸었어요. 하지만 재판은 온갖 법원들을 다 거치며 질질 끌며 길어졌지요.

 결국 2년 전에야 승소할 수 있었고, 그때부터 여유가 생겨 직장을 그만두었답니다.」

「경리 직원이었을 때 앙리 갈레를 알게 되었소?」

「네. 가끔 제 상관들을 만나러 오곤 했어요. 소브리노 은행의 방문 판매 사원으로서요.」

「두 사람은 결혼 얘기는 한 번도 안 했소?」

「처음에는 얘기했어요. 하지만 만일 판결이 나기 전에 결혼하면, 연금을 받는 문제에서 법정에서의 제 위치가 약간 불리해질 수 있어서……」

「그래서 갈레의 정부가 된 거요?」

「그런 표현을 듣는다고 해서 겁나지는 않아요. 앙리와 저는 시청을 다녀온 것 이상으로[18] 굳게 결합되어 있으니까요. 우리는 3년 전부터 매일 얼굴을 맞대고 사는 사이예요. 식사도 항상 함께하고요.」

「하지만 그가 튀렌 가에 있는 당신 집에서 사는 건 아니지 않소?」

「그의 가족 때문이에요. 우리 가족처럼 아주 엄격한 원

---

18 프랑스에서는 법적 승인을 받기 위해 먼저 시청에서 결혼식을 한 다음, 성당 등에서 다시 결혼식을 올린다.

칙들에 따라 사는 분들이거든요. 앙리는 가족과의 마찰을 피하고자 우리 관계를 숨기는 편을 택해 왔지요. 하지만 방해되는 것들이 없어지고, 남부 지방에 가서 살 수 있는 여건이 마련되는 즉시 결혼한다고 우리끼리 얘기가 되어 있었어요.」

가장 난처하고도 은밀한 질문들 앞에서도 그녀의 태도에는 조금도 당황하는 기색이 없었다. 어쩌다가 반장의 시선이 그녀의 다리 위를 스친 적이 있었는데, 그때도 그녀는 간단한 동작으로 살짝 치마를 내릴 뿐이었다.

「자, 이제 세부적인 점들로 좀 들어가야겠소……. 앙리가 당신 집에서 식사를 한다고 하셨지……. 그렇다면 그 비용을 좀 분담했소?」

「아주 간단해요! 제가 가계부를 썼어요. 제대로 된 가정에서는 다 그러하듯이요. 그리고 매달 말, 그는 식비로 지출된 전체 비용의 반을 부담했지요.」

「아까 남부 지방에 가서 사는 것에 대해 말씀하셨소. 그렇다면 앙리는 돈 좀 모아 놓은 거요?」

「그럼요. 그리고 저도 마찬가지고요……. 반장님도 느끼셨겠지만 그 사람은 몸이 그다지 튼튼한 편이 아니에요. 의사들은 공기 좋은 곳에서 살라고 충고하고 있답니다. 하지만 먹고살기 위해 매일 일해야 하는 처지에서는 그게 쉬운 일은 아니죠. 특히 손을 쓰는 직업을 갖지 않은 경우엔 더욱 그렇죠. 하지만 저 역시 시골을 좋아한답니다....... 그래서 우리는 검소한 생활을 하고 있지요. 아까 말씀드렸죠, 앙리가 방문 판매 사원이라고....... 소브리노 은행은 특히 투자 쪽을 전문으로 하는 소규모 은행이에요. 다시 말해 그는 확실한 정보원을 잡고 있는 셈이고, 우리는 각자가 저축하는 금액 전부를 증권에 투자하고 있답니다.」

「각기 다른 계좌가 있소?」

「당연하죠! 미래의 일은 아무도 모르잖아요?」

「그렇게 해서 자금을 얼마나 모으셨소?」

「정확히는 말하기 힘들어요. 돈이 다 주식에 들어가 있으니까요. 아시다시피 주식 가치라는 게 매일같이 변하는 거라서....... 대략 4만에서 5만 프랑 정도 될 거예요.」

「갈레는?」

「더 많아요. 그는 지나치게 위험성이 큰 투자처에는 나를 선뜻 끌어들이지 못했거든요. 작년 8월의 플라타 광산 같은 경우죠. 어쨌든 그의 현재 자산은 10만 프랑 정도 될 거예요.」

「그럼 두 분은 액수가 얼마나 되면 멈추기로 하셨소?」

「50만 프랑요. 앞으로 3년 더 일한다고 생각하고 있었어요.」

매그레는 이제 경탄에 가까운 감정을 느끼며 그녀를

보고 있었다. 하지만 이는 약간 특별한 경탄, 즉 역겨움이 짙게 배어 있는 경탄이었다.

그녀는 서른 살이다! 앙리는 불과 스물다섯이고! 둘은 서로 사랑하는 사이, 혹은 최소한 인생을 함께하기로 결정한 사이란다. 그런데 이 새파란 두 젊은이의 관계가 사업을 벌이는 동업자의 관계처럼 짜이고 있다니!

그리고 이러한 사실을 그녀는 너무도 간단히, 심지어는 일종의 자부심마저 내비쳐 가며 이야기하고 있었다.

「상세르에 내려온 지는 오래되었소?」

「한 달 지낼 예정으로 지난 6월 20일에 왔어요.」

「왜 라 루아르 호텔이나 코메르스 호텔에 방을 얻지 않으셨소?」

「제겐 너무 비싸요! 마을 끝에 있는 제르맹 펜션은 하루에 22프랑이면 되거든요.」

「앙리는 25일에 왔소? 몇 시에 왔죠?」

「그는 토요일과 일요일에만 시간이 나요. 그런데 그는 일요일마다 생파르조에서 하루를 보내기로 되어 있어요. 그래서 여기에는 토요일 아침에 왔답니다. 그리고 저녁 막차로 다시 떠났지요.」

「다시 말해서?」

「밤 11시 32분에요. 제가 역까지 바래다줬어요.」

「당신은 그의 부친이 여기 있다는 사실을 아셨소?」

「앙리가 그와 마주쳤다고 말해 줬어요. 굉장히 화가 났더군요. 자기 아버지가 우리를 염탐하러 여기 왔다고 확신했거든요. 앙리는 자기 가족이 우리 일에 간섭하는 걸 좋아하지 않았어요.」

「갈레 부부는 그에게 10만 프랑이 있다는 사실을 모르고 있었소?」

「물론이죠! 앙리는 성인이에요. 자기 인생을 꾸려 나갈 권리가 있지 않은가요?」

「당신 애인은 평상시 자기 부친에 대해 어떤 식으로 얘기했소?」

「야심이 없다고 약간 못마땅해했어요. 그 나이가 되어 가지고 〈철물〉이나 팔고 다녀야 한다는 건 정말이지 한심한 일이라고요. 그래도 그 사람은 부모에게 항상 깍듯했어요. 특히 어머니에게 그랬죠……」

「그렇다면 그는 에밀 갈레가 사실은 일개 사기꾼에 불과하다는 사실을 모르고 있었단 말이오?」

「사기꾼요……? 그분이……?」

「……또 그가 18년 전부터 그 〈철물〉 일에서 손을 떼고 있었다는 사실도?」

「말도 안 돼요!」

일종의 경탄마저 깃든 표정으로 그 음울한 마네킹을 쳐다보는 그녀, 지금 연기를 하고 있는 긴 아닐까?

「반장님, 정말 너무 놀라서 말도 안 나오네요! ……그 분이! 괴상한 취미들에 몰두하셨던, 그 우스꽝스러운 옷들을 걸치고 다니셨던, 가련한 은퇴자 같은 모습이셨던 그분이……!」

「두 분께선 토요일 오후에 무얼 하셨소?」

「앙리와 나는 언덕에 올라가 산책을 했어요. 그러고 나서 그는 나와 헤어져 코메르스 호텔로 돌아가다가 아버지를 만난 거지요. 우리는 저녁 8시에 다시 만났고, 이번에는 강 건너편에서 기차 출발 시간까지 거닐었지요.」

「이 호텔 근처를 지나치지는 않았소?」

「공연히 마주치는 일은 피하는 편이 낫겠죠.」

「그래서 당신은 역에서 혼자 돌아왔고, 다리를 건넜겠지.」

「그리고 곧바로 왼쪽으로 꺾어 제르맹 펜션으로 돌아갔어요. 전 밤중에 혼자 돌아다니는 걸 좋아하지 않는답니다.」

「티뷔르스 드 생틸레르를 아시오?」

「그게 누구죠? 처음 들어 보는 이름이에요. ……반장님, 혹시 앙리를 의심하고 계신 건 아니겠죠?」

그녀의 얼굴은 일순 발갛게 상기됐지만, 그럼에도 완벽하게 냉정함을 유지하고 있었다.

「제가 이렇게 반장님을 찾아온 가장 큰 이유는, 제가

그 사람을 잘 알기 때문이에요. 그는 거의 언제나 건강이 안 좋았고, 그 때문에 성격이 어둡고…… 좀 도전적이 되었지요. 우리도 어떤 때는 몇 시간 동안 아무 말 없이 지내기도 한답니다.

그가 여기서 아버지와 마주친 것은 순전한 우연이었어요. 하지만, 저도 인정하지만, 조금 수상쩍게 보일 수도 있는 우연이었죠.

그는 자신을 적극적으로 변호하기에는 자존심이 너무 강한 사람이에요. 그 사람이 반장님께 어떻게 말했는지 모르겠네요. 반장님의 질문에 그냥 대답만 하지 않던가요……? 맹세하건대, 그는 그날 저녁 8시부터 기차에 오를 때까지 내 곁을 떠나지 않았어요……. 그때 그는 아주 예민해져 있는 상태였어요……. 어머니가 우리 관계를 알게 될지도 모른다고 몹시 걱정하더군요. 어머니에 대해 효심이 지극한 사람인데, 그분이 우리 관계를 알게 되면 우릴 서로 떼어 놓으려 할 거라고 생각한 거죠.

전 더 이상 젊은 아가씨가 아니니까요! 게다가 나이 차이가 다섯 살이나 나고! 사실, 그의 정부에 불과했던 여자니까요…….

살인범이 잡혔다는 소식을 빨리 좀 듣게 되었으면 좋겠어요. 특히 앙리를 위해서요. 그는 자기 아버지와 마주쳤다는 사실이 끔찍한 의심들을 불러일으킬 수 있다는 걸 이해하지 못할 만큼 바보는 아니니까요.」

반장은 여전한 놀라움을 느끼면서 그녀를 쳐다보고 있었다. 그리고 꽤나 훌륭하다고 할 수 있는 그녀의 이런 행동들이 왜 그다지 감동적으로 느껴지지 않는지, 그 이유를 자문해 보고 있었다.

마지막 몇 문장을 말할 때는 약간의 격렬함이 느껴지기도 했지만, 엘레오노르 부르상은 끝까지 자제력을 잃지 않았다. 그는 감식반이 보내온, 발견된 모습 그대로 시체를 찍은 큰 사진 한 장을 슬그머니 움직여 그녀의 눈에 띄게끔 해보았다. 하지만 젊은 여인의 시선은 그 충격적인 이미지 위를 무심히 미끄러져 갈 뿐이었던 것이다.

「아직 아무것도 찾아내지 못하셨나요?」

「혹시 자코브 씨를 아시오?」

그녀는 말끄러미 그를 마주 보았다. 그렇게 똑바로 쳐다보는 시선 가운데 자신의 진심을 읽어 달라는 듯이.

「처음 들어 보는 이름이에요. 누구죠? 살인범인가요?」

「그럴지도 모르지!」 그는 문 쪽을 향해 걸음을 옮기며 중얼거리듯 말했다.

방을 나가는 엘레오노르 부르상의 모습은 들어오던 모습 그대로였다.

「혹시 반장님, 가끔 들러 새로운 소식이 있는지 물어도 될까요?」

「원하시면 언제든지!」

경사는 복도에서 참을성 있게 기다리고 있었다. 방문객이 사라지자 그는 반장에게 그간의 경과에 대해 물어보는 듯한 시선을 던졌다.

「그래, 역에서는 뭐라고 합디까?」 반장이 물었다.

「그 청년은 11시 32분에 파리행 열차를 탔다고 하던데요. 삼등차 왕복표로요.」

「그리고 사건은 11시에서 12시 반 사이에 일어났어!」 반장은 깊은 생각에 잠기며 혼자 중얼거리기 시작했다. 「서두르면, 여기서 트라시상세르까지는 10분이면 갈 수 있지. 살인범은 11시에서 11시 20분 사이에 일을 벌였을 수 있다는 얘기야……. 또 역까지 가는 데 10분 걸린다면, 거기서 여기로 돌아오는 데도 그만큼이면 되겠지……. 따라서 갈레는 11시 45분경에서 12시 30분 사이에 살해되었을 수도 있어……. 역에서 돌아온 누군가에게 말이야…….

하지만 그 철책 문 이야기가 남아 있단 말이야!

그리고, 에밀 갈레는 도대체 무얼 하러 저 벽에 올라갔단 말인가?」

경사는 아까 앉았던 자리에 앉고는 얌전히 고개를 끄덕이면서 반장의 추론이 이어지기를 기다렸다. 하지만 더 이상은 없었다.

「자, 가서 아뻬리띠프나 드십시다!」 매그레가 말했다.

6
담벼락 위의 만남

「여전히 아무것도 없나?」

「〈기부금〉요!」

「좀 전에 찾은 단어는 뭐랬더라?」

「〈준비*préparatifs*〉요! 적어도 제 추측으로는 그래요! 〈*tifs*〉가 빠져 있거든요……. 어쩌면 〈*tion*〉일지도…….」

매그레는 어깨를 으쓱하고는 그 서늘한 방을 나오는 수밖에 없었다. 그 방에서는 키가 껑청하니 바짝 마른 체격의 빨간 머리 청년 하나가 얼굴을 잔뜩 찌푸리고, 하지만 북구인 특유의 차분함을 잃지 않은 얼굴을 하고, 수도승이라도 힘들어할 일을 아침부터 계속 해오고 있는 중이었다.

이름은 조제프 뫼르스로, 그의 억양은 혈통이 플랑드르 쪽이라는 사실을 드러내고 있었다.

감식반 실험실에서 근무하고 있는 그는 매그레의 요

청에 따라 상세르까지 내려와, 이렇게 희생자의 방에 진을 치고 있는 중이었다. 그는 여러 가지 도구들을 잔뜩 늘어놓았는데, 그중에는 괴상하게 생긴 알코올버너도 있었다.

그는 아침 7시부터, 반장이 방에 불쑥 들어오거나 쐐기풀 길 쪽의 창문으로 상반신을 쑥 내미는 때를 제외하고는 머리를 쳐드는 법이 거의 없었다.

「아무것도 없어?」

「〈나는 당신에게 *Je vous*〉…….」

「뭐라고?」

「방금 〈나는 당신에게 *Je vous*〉를 찾았어요. 여기서도 〈s〉 자는 빠져 있지만.」

탁자 위에는 아주 얇은 유리판들이 가지런히 놓여 있었고, 그는 작업을 해가면서 그때그때 그 위에 버너로 데운 액체 풀을 발라 가고 있었다.

때때로 그는 벽난로 쪽으로 가서 타버린 종잇조각들 중 하나를 살며시 집어 가지고 와서는, 유리판 위에 올려놓곤 했다.

재가 되어 버린 종이는 너무 약해서 자칫 잘못하면 가루로 바스러져 내리기 일쑤였다. 그래서 증기를 쐬어 부드럽게 만들어야 했는데, 때로는 그 시간이 5분이나 필요하기도 했다. 그러고 나면 이 종이가 유리판 위에 펼쳐지는 것이었다.

조제프 뫼르스가 앞쪽에 열어 놓은 도구함은 그야말로 휴대용 실험실이라 해도 과언이 아니었다. 까맣게 타 버린 종잇조각들 중 가장 큰 것은 7~8센티미터 정도 되었고, 가장 작은 것은 부스러기에 불과했다.

〈기부금〉…… 〈준비〉…… 〈나는 당신에게〉…….

바로 이것이 두 시간 동안 고생한 결과였다. 하지만 매그레와 달리 뫼르스는 안달복달하지 않았고, 지금까지 검토한 분량이 벽난로 속에 들어 있는 것의 1백 분의 1밖에 되지 않는다는 사실에도 개의치 않는 기색이었다.

보랏빛 금속성 광택이 흐르는 왕파리 한 마리가 한동안 그의 머리 위에서 왱왱거리며 맴돌고 있었다. 녀석은 세 번이나 그의 주름진 이마에 내려앉았지만, 그는 쫓으려는 시늉조차 하지 않았다. 곤충이 머리에 앉았다는 사실조차 모르고 있는 게 아닐까? 하지만 그는 매그레에게는 이렇게 불평했다.

「저 말이죠, 반장님! 그렇게 문을 열고 들어오실 때마다 바람이 확확 들이쳐요! 벌써 재 조각 하나가 날아가 버렸다고요…….」

「알았어! 그럼 창문으로 다니지 뭐…….」

그냥 농담으로 한 말이 아니었다. 그는 실제로 그렇게 했다. 매그레가 작업실로 선택한 이 방에는 여전히 자료들이 놓여 있었고, 바닥에 펼쳐 놓고 그 위에 칼까지 박아 놓은 옷들도 손대지 않은 채였다.

반장은 자신이 시작하게 한 이 전문 감식의 결과를 어서 빨리 알고 싶은 조급함에, 잠시도 한자리에 붙어 있지 못했다.

약 15분 동안 그는 뒷짐을 지고 고개를 숙인 채로, 창문 너머의 햇빛 쏟아지는 산책로를 왔다 갔다 하고 있었다. 그러다가 불쑥 창문턱을 넘어오더니, 볕에 그을리고 땀으로 번들거리는 얼굴을 수건으로 훔치면서 낮게 투덜대는 거였다.

「허 참, 되게 느리네!」

뫼르스는 이 말을 들었을까? 그의 손길은 여전히 매니큐어를 칠하는 여인의 손길처럼 살금살금 조심스러웠고, 그는 오직 그 불규칙한 윤곽의 검은 얼룩들을 덮고 있는 유리판들에만 신경을 쓰고 있었다.

매그레가 이렇게 안절부절못하고 있는 까닭은, 무엇보다도 지금으로서는 할 일이 아무것도 없기 때문이었다. 달리 말하자면, 살인이 일어난 밤에 태워진 종이들에 대해 뭔가 확실히 알기 전에는 아무것도 시도하지 않는 편이 낫겠다고 생각한 것이다.

그리고, 참나무 가지들이 그의 몸 위에 빛과 그림자로 이루어진 얼룩들을 춤추게 하고 있을 때, 그는 똑같은 생각을 끝없이 되뇌고 있었다.

「앙리와 엘레오노르 부르상이 역에 가기 전에 갈레를 살해했을 수 있어……. 엘레오노르가 애인이 떠난 후 혼자 와서 단독 범행을 벌였을 수도 있지……. 그런데 그 담벼락과 자물쇠에 흔적이 남아 있는 것도 이상하단 말이야! 그뿐이 아니지! 갈레가 그렇게나 꼭꼭 숨겨 놓은 편지들의 발신인인 자코브 씨라는 인물도 있어…….」

그는 철책 문 자물쇠에 적어도 열 번은 가서 다시 살펴보았지만 아무것도 발견할 수 없었다. 그러고는 담벼락에서 에밀 갈레가 기어오른 지점 앞을 지나던 그는, 갑작스런 충동에 사로잡혀 웃옷을 벗어부치고는, 맨 먼저 눈에 띄는 돌 틈에 오른발 끝을 올려놓았다.

그는 몸무게가 1백 킬로그램이나 나갔다. 그럼에도 위에 늘어져 있는 나뭇가지를 너무나도 쉽게 붙잡았고, 또 그것을 잡고 나서 담벼락 위로 오르는 일은 어린애 장난이었다.

벽은 불규칙한 형태의 돌덩이들을 쌓은 다음, 그 위를 회반죽으로 덮은 것이었다. 꼭대기는 넓은 면이 서로 맞닿게끔 옆으로 세워 한 줄로 쌓은 벽돌들로 이루어져 있었다. 그 위는 온통 이끼로 덮여 있었고, 상당한 높이로 자라난 포아풀류의 식물들까지 보였다.

그곳에 서자, 돋보기로 무언가를 들여다보고 있는 뫼

르스의 모습이 선명하게 들어왔다.

「새로운 거라도 있나?」 그가 외쳤다.

「〈s〉 자 하나, 쉼표 하나요…….」

고개를 쳐들어 보니 참나무 가지는 보이지 않고, 대신 우람한 둥치를 사유지에 박고 있는 거대한 너도밤나무의 가지들이 드리워져 있었다.

그는 무릎을 꿇었다. 그다지 넓지 않은 담벼락 위에서 균형을 잡기가 쉽지 않았기 때문이다. 그런 자세로 그는 왼편, 오른편에 있는 이끼를 살피고는 중얼거렸다.

「야, 이것 봐라?」

그렇게 엄청난 발견은 아니었다. 단지 이끼가 짓밟혀 있고, 심지어 한 지점에서는 뜯겨져 나갔다는 사실을 확인했을 뿐이다. 돌벽이 긁혀 있는 지점 바로 위였는데, 유독 그곳만 그렇게 되어 있었다.

간단히 실험해 본 결과, 이끼는 매우 부스러지기 쉬운 상태라는 걸 알 수 있었다. 그렇다면 에밀 갈레는 담벼락 위를 돌아다니지 않았다는 얘기였다. 아니, 양쪽으로 1미터도 움직이지 않았음에 분명했다.

「그렇다면 이제 사유지 쪽으로 내려갔는지를 알아봐야겠는데…….」

그 부근은 더 이상 정원이라고 부를 수 없는 상태였다. 수많은 나무들로 가려져 있는 장소여서인 듯, 일종의 허

드레 광으로 쓰이고 있었다.

매그레가 있는 데서 10여 미터 떨어진 곳에는 밑바닥이 빠졌거나 둘레를 고정하는 쇠테가 달아난, 빈 나무 술통들이 잔뜩 쌓여 있었다. 그 외에도 온갖 잡동사니들이 널려 있었다. 헌 술병들, 빈 약병들, 궤짝들, 형편없는 상태의 물풀 베는 긴 낫 하나, 벌겋게 녹이 슨 연장들, 그리고 옛 잡지들을 끈으로 묶어 놓은 꾸러미들……. 그 잡지들은 모두가 가벼운 내용의 대중 잡지 한 종류였는데, 비에 젖고, 마르고, 햇볕에 탈색되기를 거듭한 데다 흙까지 묻어 있어 그야말로 처량한 꼴을 하고 있었다.

매그레는 담벼락에서 내려오기 전에 우선 그의 아래쪽, 즉 갈레가 서 있었을 장소의 아래쪽 땅바닥에 아무런 흔적이 보이지 않는다는 사실을 확인해 놓았다. 그리고 내려오면서 벽을 긁어 놓는 일이 없게끔 아예 뛰어내리는 편을 택했다. 그렇게 거구가 쿵 하고 떨어져 내렸건만, 땅위에 두 손을 짚은 것 외에는 별 탈이 없었다.

티뷔르스 드 생틸레르의 저택에서 보이는 것이라고는 반투명한 잎사귀들 사이로 언뜻언뜻 보이는 밝은색 얼룩 몇 개가 전부였다. 모터 하나가 윙윙대며 돌아가는 소리가 들렸다. 오전에 이 집을 방문한 바 있는 매그레는 이것이 집 저수조에서 물을 끌어오는 모터 소리임을 잘 알고 있었다.

이 장소는 폐기물 탓인지 파리 떼가 구름처럼 날아다녔다. 반장은 놈들을 쫓기 위해 연방 팔을 휘둘러야 했고, 그에 따라 기분이 점점 고약해져 갔다.

「자, 벽부터 한번 보자……」

이 일은 쉬웠다. 벽의 안쪽 면은 바깥쪽과 마찬가지로 봄에 회칠을 다시 한 거였다. 그런데 갈레가 기어오른 곳에 해당하는 부분에서는 얼룩 하나, 긁힌 자국 하나 보이지 않았다. 마찬가지로 주위의 10미터 반경 안에는 아무런 흔적이 남아 있지 않았다.

반면, 술통들과 빈 병들이 쌓여 있는 곳 근처에, 술통 하나가 2~3미터 정도 끌려가 벽 발치에 세워졌었다는 사실을 확인할 수 있었다. 그리고 그 통은 아직 그 자리에 서 있었다. 매그레는 통 위에 올라서서 담 위로 고개를 빼죽 내밀어 보았다. 갈레가 걸음을 멈췄던 지점에서 정확히 10.5미터 떨어진 곳이었다.

거기서 보니까 뫼르스는 여전히, 흐르는 땀을 훔칠 생각도 하지 않고 계속 일만 하고 있었다.

「아무것도 없어?」

「〈클리냥쿠르.〉[19] 그런데 이것보다 더 상태가 좋은 조각이 하나 있어요……」

통 위쪽 담벼락의 이끼는 뜯겨 있지는 않았지만, 팔이

19 파리의 거리 이름.

그 위를 짚은 것처럼 짓눌려 있었다. 매그레가 시험 삼아 조금 옆쪽에 직접 팔꿈치로 눌러 봤더니, 똑같은 결과가 나왔다.

「다시 말해, 에밀 갈레는 담벼락에 기어올랐지만 〈정원 쪽으로 내려가지는 않았어〉……. 반면, 사유지 안쪽에서 온 어떤 인물이 이 통 위에 발을 딛고 섰지만, 〈그 역시 울타리 밖으로는 나가지 않았지. 적어도 이 지점을 통해서는〉…….

이 두 야간 산보객이 처녀 총각이었다고 가정한다면 상황이 얼추 이해될 수도 있겠는데……. 하지만 안에 있었던 친구가 상대방에게 좀 더 가까이 술통을 끌어올 수도 있었을 텐데 말이야…….

아냐, 연인 간의 밀회였을 리가 없어! 두 인물 중 하나는 의심의 여지 없이 갈레야. 그와는 전혀 어울리지 않는 이런 힘든 일을 하기 위해 일부러 웃옷까지 벗어부쳐야 했던 갈레가 분명하다고.

그렇다면 다른 인물은 티뷔르스 드 생틸레르였을까?

두 사내는 먼저 오전에 한 번 만났고, 그날 오후에 다시 만났어. 드러내 놓고 만났지. 그런데 이런 사람들이 굳이 한밤중에 이런 방법으로 또다시 만나기로 정했다는 건 좀…… 개연성이 없는 일이지.

그것도 10미터 떨어져서 말이야! 그렇게 떨어져 있으

면 나지막이 말해서는 알아듣지도 못했을 거고.

하긴, 그들이 따로 왔을 수도 있지. 한 사람이 먼저 왔고, 그리고 나중에 다른 사람이…….

그렇다면 둘 중 누가 먼저 벽 위에 몸을 올렸을까? 그리고 둘은 서로 만났던 것일까?

술통에서 갈레 방까지의 거리는 약 7미터야. 다시 말해 충격이 가해진 거리와 일치하지.」

이렇게 생각하며 몸을 돌리던 매그레는, 그를 멍하니 쳐다보고 있는 정원사의 모습을 발견했다.

「아! 자넨가……. 자네 주인도 여기 계신가?」

「낚시 가셨어유.」

「자네, 내가 경찰이란 거 알지? 여기서 나가고 싶은데 이 담벼락을 뛰어넘기는 싫네. 저 쐐기풀 길 끝에 있는 철책 문을 열어 줄 수 있겠나?」

「뭐, 어렵지 않지유!」 사내는 그냥 이렇게만 내뱉으면서 문 쪽으로 걸음을 옮겼다.

「자네, 지금 열쇠 갖고 있나?」

「아니유, 하지만 보시면 알 거예유.」

입구에 이르자, 정원사는 두 개의 돌덩이가 약간 벌어져 있는 틈 속으로 서슴없이 손을 집어넣더니, 화들짝 놀란 표정을 지었다.

「에구머니나!」

「뭔가?」

「열쇠가 없네유! 작년에 참나무 세 그루를 베어서는 이 문으로 빼갔을 때 내가 직접 넣어 두었는디……..」

「자네 주인도 그 사실을 알고 있나?」

「그러믄요!」

「그 양반이 이 문으로 나간 일은 없는가?」

「작년 이후론 없어유.」

그 즉시 반장의 머릿속에서 또 다른 시나리오가 대충 그려졌다. 티뷔르스 드 생틸레르는 술통 위에 서서 갈레를 저격한 후 철책 문 쪽으로 우회해 나와서는, 희생자의 방 안으로 뛰어 들어간다…….

하지만 너무 개연성이 없는 얘기였다. 철책 문의 녹슨 자물쇠가 쉽사리 열렸다손 치더라도, 두 지점을 가르는 길을 주파하는 데는 적어도 3분이 걸렸을 것이다.

또 그 3분 동안, 얼굴 반쪽이 떨어져 나간 에밀 갈레는 비명도 지르지 않고, 쓰러지지도 않은 채, 다만 호주머니에서 칼을 빼 들고 혹시 침입할지도 모르는 괴한을 기다리고 서 있었다?

뭔가 아귀가 맞지 않았다! 그때 삐걱하며 열렸을 철책 문만큼이나 삐걱거리는 얘기였다! 하지만 이것은 지금까지 주어진 물질적인 단서들로부터 논리적으로 이끌어 낼 수 있는 유일한 가설이었다.

「어쨌거나 담벼락 뒤에 누군가가 있었어!」

이것은 분명한 사실이었다. 하지만 그 인물이 생틸레르라는 증거는 어디에도 없었다. 그 증거를 굳이 들어 보자면, 열쇠가 없어졌다는 사실, 그리고 그 미지의 인물이 사유지 안에 있었다는 사실 정도라고나 할까?

또 에밀 갈레와 밀접한 관계가 있으며, 그의 죽음으로 인해 무언가를 얻을 수 있는 다른 두 인물이 그때 상세르에 있었다는 사실도 고려하지 않을 수 없었다. 그들이 쐐기풀 길에 들어오지 않았다는 사실을 증명할 수 있는 무게 있는 알리바이는 전혀 없는 상태인 것이다. 바로 앙리 갈레와 엘레오노르 말이다.

뺨에 달라붙은 등에를 짓눌러 잡은 매그레는 뫼르스가 창문 밖으로 몸을 내민 것을 보았다.

「반장님!」

「새로운 거라도?」

하지만 플랑드르인은 벌써 방 안으로 사라져 버린 후였다.

이젠 어쩔 수 없이 강변로 쪽으로 돌아가야 하나 보다, 라고 생각하면서 매그레는 철책 문을 무심코 흔들어 보았다. 그런데 이게 웬일인가? 뜻밖에도 문이 그대로 열리는 것이었다.

「어라, 잠기지 않았네?」 정원사는 자물쇠 위로 몸을 굽히며 외쳤다. 「거참 희한하네, 안 그래유?」

매그레는 자기가 방문했다는 사실을 생틸레르에게 말하지 말아 달라고 당부하려다가, 그 말을 꾹 삼켰다. 사내를 훑어보니 너무 멍청하게 생긴 것이 오히려 일을 복잡하게 만들 게 뻔하다는 느낌이 온 것이다.

「그래, 왜 나를 불렀나?」 잠시 후 그가 뫼르스에게 물었다.

뫼르스는 촛불 하나를 켜놓고는, 거의 전체가 검은 얼룩으로 덮인 유리판을 불빛에 비춰 보고 있었다.

「반장님, 〈자코브 씨〉라는 사람 아세요?」 그는 사뭇 흡족한 표정으로 고개를 뒤로 쭉 빼고 자신의 작품을 들여다보면서 물었다.

「그럼, 알지! 그래서?」

「뭐, 별거 없어요. 단지 태운 편지들 중 하나에 자코브 씨라는 서명이 있다는 사실 뿐.」

「그게 전부야?」

「뭐, 거의 그렇다고 할 수 있죠. 이 편지는 수첩이나 장부에서 뜯어낸 듯 보이는 모눈종이 위에 쓰여 있어요. 종이 질 자체가 그러니 몇 단어 찾아내지 못했어요. 〈반드시〉 하고……. 앞의 두 자가 빠져 있기 때문에 이건 내 추측이고요……. 〈월요일〉…….」

매그레는 눈썹을 잔뜩 찌푸리고, 파이프 부리를 꽉 문

채 다음 말을 기다렸다.

「그다음엔?」

「밑줄이 두 번 그어진 〈감옥*prison*〉이라는 단어가 있어요……. 단어 뒷부분이 떨어져 나간 거라면, 〈죄수*prisonnier*〉 혹은 〈여죄수*prisonnière*〉일 수도 있겠죠. 그리고 〈*numéra*〉라는 글자도 찾아냈어요. 이렇게 시작되는 단어는, 내가 아는 바로는 〈현금*numéraire*〉밖에 없어요. 편지에서 수학 용어인 〈분자*numérateur*〉가 거론될 가능성은 별로 없으니까요. 더욱이 〈2만〉이라는 수도 적혀 있고…….」

「주소는 없고?」

「조금 전에 〈클리냥쿠르〉라고 말씀드렸잖아요……. 어쨌든 불행히도 저는 이 단어들의 순서는 맞춰 내지 못하겠어요.」

「필체는 어떤가?」

「필체는 없어요! 타자기로 친 거죠.」

타르디봉은 종업원을 시키지 않고 자신이 직접 매그레의 시중을 들고 있었다. 또 그럴 때마다 그는 보란 듯이 아주 조심스럽게 행동했고, 또 자신이 반장과 어떤 깊은 비밀을 나누는 사이라도 되는 양 은근하고도 친밀한 태도를 취하곤 했다.

「반장님, 전보 왔습니다!」 그는 이렇게 외치고는 분을 똑똑 두드렸다.

그는 뫼르스의 신비스러운 작업이 이루어지고 있는 방 안에 들어가고 싶은 마음이 굴뚝같았다. 반장이 전보를 받자마자 문을 닫아 버리려 하자, 그는 너무도 나긋나긋한 목소리로 물었다.

「혹시 필요하신 거라도……?」

「아무것도 없소!」 매그레는 벌써 전보를 뜯으면서 잘라 말했다.

반장이 파리 수사국에 몇 가지 사실에 대한 조회를 의뢰했는데, 그 결과가 온 것이었다. 거기에는 이렇게 쓰여 있었다.

에밀 갈레는 유서를 남기지 않았음. 유산은 감정가 10만 프랑 상당의 생파르조 자택과 기타 동산(動産), 그리고 은행 예치금 3천5백 프랑이 있음.

오로르 갈레는 그녀의 남편이 1925년 아베유 사와 계약한 생명 보험금 30만 프랑을 받게 됨.

앙리 갈레는 목요일, 소브리노 은행 업무를 재개했음. 엘레오노르 부르상은 파리에 없음. 루아르에서 휴가 중임.

「세상에!」 매그레는 자기도 모르게 이렇게 내뱉고는 잠시 멍하니 허공을 응시하고 있더니, 뫼르스에게 고개를 돌리며 물었다.

「자네 혹시 보험에 대해서 좀 아나?」

「글쎄요……. 사안에 따라 다르겠죠.」 너무 꽉 끼는 코안경 탓에 얼굴 전체가 바짝 긴장된 느낌을 주는 청년이 겸손하게 대답했다.

「1925년에 갈레는 45세가 넘는 나이였어. 게다가 간 질환도 있었고! 그렇다면 30만 프랑의 생명 보험에 들어 있으려면 매년 얼마씩이나 부어야 했다고 생각하나?」

뫼르스의 입술이 소리 없이 달싹거렸다. 암산이 끝나는 데는 2분도 걸리지 않았다.

「약 2만 프랑이죠!」 그가 마침내 입을 열었다. 「더 될 수도 있고요. 보험 회사로 하여금 그런 리스크를 받아들이게끔 하는 건 결코 쉽지 않았을 겁니다!」

반장은 갈레의 인물 사진에 화난 눈길을 던졌다. 사진은 여전히 벽난로 위에, 전에 생파르조의 피아노 위에 있었던 때와 같은 각도로 놓여 있었다.

「2만이라……! 그런데 그는 한 달에 채 2천 프랑도 쓰지 않았어! 다시 말해서, 그가 부르봉 왕가 지지자들에게서 그 개고생을 해서 뽑아낸 돈의 거의 절반이라는 얘기야!」

사진에 이어 그가 응시한 것은 마룻바닥 위에 펼쳐진 그 검고, 흐물흐물하고, 번들거리고, 무르팍이 닳아 있는 바지였다.

이어 연보랏빛 실크 드레스에 보석 장신구로 몸을 감싼, 간간한 목소리의 갈레 부인을 떠올렸다.

그때 매그레의 표정을 보았다면, 금방이라도 입에서 이런 소리가 터져 나오리라 느꼈으리라. 〈여보쇼, 그 여자를 그 정도까지 사랑했소……?〉

결국 그는 어깨를 으쓱하고는, 햇빛을 받아 눈부시게 빛나는 벽 쪽으로 몸을 돌렸다. 정확히 8일 전 에밀 갈레가, 풀 먹인 디키가 조끼 밖으로 빠져나오도록 몸을 써가며 올라갔던 바로 그 담벼락이었다.

「아직 재가 한참 남았군!」 이렇게 뫼르스에게 말하는 그의 목소리에는 약간 지친 기색이 묻어나고 있었다. 「이 자코브 씨라는 사람과 관련된 다른 건 없는지 좀 찾아보게……. 그런데 성서에 나오는 야곱만 알고 있노라고 선언하는 그 바보라니!」

이때 얼굴에 주근깨가 잔뜩 뿌려진 한 꼬마가 창턱에 팔꿈치를 기댄 채, 입꼬리가 양쪽 귀에 닿도록 씩 웃는 것이었다. 그러자 테라스 쪽에서 어떤 남자가 건성으로 명령하는 소리가 들려왔다.

「에밀! 아저씨들 일하시도록 이리 오지 못하겠냐!」

「이런, 또 에밀이야?」 매그레는 투덜거리듯 내뱉었다. 「그래도 이 에밀은 적어도 살아 있기는 하군. 그런데 다른 에밀은…….」

 하지만 사진을 다시 노려보고 싶은 마음을 꾹 누르고 그냥 방을 나와 버렸다.

7
조제프 뫼르스의 귀

 폭염의 날씨였다. 매일 아침, 신문들은 프랑스 여기저기에서 발생한 폭우로 인한 피해들에 대해 떠들어 대고 있었다. 그럼에도 상세르와 그 인근 지역에서는 3주 동안 비가 한 방울도 떨어지지 않고 있었다.

 오후였다. 에밀 갈레의 방이었던 객실은 쏟아져 들어오는 햇빛으로 도저히 앉아 있을 수 없는 곳이 되어 갔다.

 하지만 그 뜨거운 토요일, 뫼르스는 활짝 열린 창문 앞에 표백되지 않은 아마포로 된 블라인드를 내리는 것으로 만족했다. 그리고 점심을 먹고 나서 30분도 되지 않아 다시금 그 유리판들과 시커멓게 탄 종잇조각들 위에 몸을 구부리고는, 메트로놈처럼 규칙적으로 이루어지는 작업을 재개하는 것이었다.

 매그레는 몇 분 동안 그의 주위를 빙빙 돌았다. 그러면서 이것저것 손을 대보기도 하면서 발을 질질 끄는 품이,

뭔가 망설이는 기색이 역력했다. 결국 그는 한숨을 내쉬며 이렇게 말했다.

「아, 여보게! 난 더 이상 못 견디겠어! 정말이지 자네가 존경스럽긴 한데, 자넨 적어도 나처럼 체중이 210파운드는 아니란 말이지……. 난 잠시 시원한 데 좀 가 있어야겠어…….」

이 찜통더위 속에 피신할 데가 어디던가? 테라스에는 선선한 바람이 조금 불긴 했지만, 동시에 투숙객들과 애들도 있었다.

그렇다면 카페 안은 어떠한가? 그 신경 거슬리는 당구공 부딪치는 소리를 듣지 않고 30분이 지나가는 일은 정말이지 드물었다.

매그레는 안뜰로 나왔다. 그래도 반 정도는 그늘이 드리워져 있는 그곳에서, 그는 지나가던 젊은 웨이트리스를 불렀다.

「그물 소파 좀 가져다주시오.」

「그걸 여기다 펴시려고요? 부엌에서 나오는 소음이 만만치 않을 텐데요…….」

거기에 닭들까지 꼬꼬댁댔지만, 사람들의 대화 소리보다는 차라리 여기가 더 나았다. 그는 그물 소파를 우물가에 끌어다 놓았다. 그리고 거기에 누워, 파리들로부터 보호해 줄 신문 한 장까지 얼굴에 펼쳐 놓고 나니, 얼마 되지 않아 달콤한 선잠이 사르르 밀려드는 거였다.

　찬방에서 접시 닦는 요란한 소리가 조금씩 비현실적으로 들리기 시작했고, 잠에 취한 매그레는 죽은 이의 그 강박적인 영향력에서 벗어나고 있었다.

　정확히 어느 순간에 그 두 번의 총성 같은 것을 들었던 것일까? 그 소리가 그를 곧바로 혼곤한 상태에서 끌어내지는 못했다. 그 즉시 머릿속에서 꿈 하나가 짜이면서, 이 난데없는 소리들을 설명해 주었기 때문이다.

　……그는 호텔 테라스에 앉아 있었다. 짙은 녹색 복장의 티뷔르스 드 생틸레르가 기다란 귀를 늘어뜨린 개 10여 마리를 이끌고 지나갔다.

　「일전에 반장님이 내게 물어봤죠? 이 고장에 사냥감이 좀 있냐고…….」

　……이렇게 말한 그는 엽총을 어깨에 걸고는 아무 데나 대고 갈겨 댔다. 그러자 수도 없는 자고새들이 낙엽처럼 우수수 떨어져 내리는 것이었다.

　「반장님……! 어서 일어나세요……!」

　그는 소스라치듯 몸을 일으켰고, 앞에 웨이트리스 하나가 있는 것을 보았다.

　「객실에서 일어났어요……. 총격이 있었다고요…….」

　반장은 몸이 육중하다는 것이 이렇게 부끄러운 적이 없었다. 사람들은 벌써 호텔 안으로 달려 들어가고 있었고, 그가 겨우 갈레의 방에 도착했을 때는 이미 사람들로 들어찬 후였다. 뫼르스가 두 손으로 자기 얼굴을 감싸고 침대 옆에 서 있는 모습이 눈에 들어왔다.

「모두들 나가시오!」 매그레가 명했다.

「의사를 부를까요?」 타르디봉이 물었다. 「보세요, 피가 나고 있어요!」

「그렇군……. 그렇게 하시오!」

문이 닫히자마자 그는 곧장 감식과 소속의 젊은이에게로 다가갔다. 그에게 너무도 미안한 마음이 들었다.

「아니, 이보게! 이게 대체 웬일인가……?」

그는 똑똑히 볼 수 있었다! 그렇다, 그건 피였다! 여기저기 온통 피로 얼룩져 있었다. 뫼르스의 양손에도, 어깨에도, 유리판들 위에도, 그리고 마룻바닥에도!

「별로 심각한 건 아닙니다, 반장님……. 귀가……. 보세요…….」

그는 잠시 왼쪽 귓불을 누르고 있던 손을 들어 올렸는데, 그 즉시 선혈이 찍 솟아 나왔다. 뫼르스의 얼굴은 백지장 같았다. 그럼에도 그는 미소를 지어 보이려 했고, 무엇보다도 턱뼈의 경련적인 움직임을 멈춰 보려 애쓰고 있었다.

블라인드는 여전히 내려진 채 햇볕을 누그러뜨리면서, 방의 분위기가 오렌지 빛 색조를 띠게 하고 있었다.

「위험하진 않아요, 그렇죠……? 사혈(瀉血)을 하는 데 귀보다 좋은 건 없죠…….」

「이봐, 진정해! 숨을 크게 쉬라고…….」

왜냐하면 플랑드르 청년이 말도 제대로 못하면서 이를 딱딱 맞부딪히고 있었기 때문이다.

「이런 꼴을 보이면 안 되는데……. 하지만 제가 이런 일은 처음이라……. 전 유리판들을 새로 집어 오려고 몸을 일으켰어요…….」

그는 한 손으로 탁자를 짚어 몸을 기댄 채, 피로 질척이는 손수건으로 상처 입은 귀를 꾹 눌렀다.

「자, 보세요! 전 바로 이 자리에 있었어요……. 그때 총성을 들었죠……. 이건 정말인데, 총알이 공기 중에 색 하고 지나가는 걸 느꼈어요. 그게 눈에서 얼마나 가까이 지나갔는지 전 제 코안경이 깨져 버렸다고 생각했죠……. 전 몸을 벌떡 뒤로 젖혔어요……. 그런데 이와 동시에, 다시 말해 첫 번째 총격이 있은 직후에 두 번째 총격이 있었어요. 나는 이제 죽었구나 하는 생각뿐이었죠……. 머릿속은 와글와글 요란한 소리로 가득 찼어요. 마치 뇌가 끓어오르기 시작하는 것처럼…….」

그는 이번에는 조금 덜 경직된 미소를 지어 보였다.

「보시다시피 별거 아니에요! 귀 끝이 조금 떨어져 나갔을 뿐이니까……. 창가로 달려갔어야 했는데……. 하지만 몸을 꼼짝할 수가 없었어요……. 금방이라도 다른 총알들이 날아올 것만 같아서……. 전 총알이란 게 어떤 건지 전에는 잘 몰랐어요…….」

그는 자리에 앉아야 했다. 아까의 일을 떠올려 보니 이제야 진정한 공포가 엄습하는 것일까, 두 다리에 힘이 풀려 있었다.

「제 걱정은 하지 마세요……. 가서 놈을 찾으세요…….」

갑자기 그의 이마에 땀방울이 송송 맺혔고, 매그레는 그가 기절했음을 알아차리고는 문으로 달려갔다.

「주인장! 이 사람 좀 봐주시오! ……의사는?」

「집에 없어요. 하지만 이분은 우리 투숙객 중 한 분이신데, 파리 시립 병원의 간호사입니다.」

매그레는 담배도 채워 넣지 않은 파이프를 기계적으로 입에 문 다음, 블라인드를 들추고는 창턱을 넘어 밖으로 나갔다. 쐐기풀 길에는 개미 새끼 하나 보이지 않았다. 반은 그늘 속에 잠겨 있고, 반은 빛과 열기로 맹렬히 진동하고 있었다. 길 끝에 보이는 루이 14세풍의 철책 문은 굳게 닫혀 있었다.

방 바로 맞은편에 있는 흰 담벼락에서는 아무 이상한 점이 보이지 않았다. 발자국은 찾을 필요조차 없었다. 바짝 마른 풀숲 위, 혹은 돌멩이만 잔뜩 깔린 땅바닥에 어떤 자국이 남아 있을 수 있단 말인가?

그는 강변로 쪽으로 걸어갔다. 20여 명의 사람들이 모여 있었는데, 거기서 더는 들어오지 못하고 머뭇대고 있었다.

「여러분 중에서 총성이 울렸을 때 테라스에 계셨던 분 있습니까?」

〈저요!〉 하고 대답하는 목소리가 여럿 솟아올랐다. 몇 사람이 신이 난 얼굴을 하고는 무리에서 앞으로 걸어 나왔다.

「누군가 이 길로 들어서는 걸 본 사람이 있나요?」

「아무도 안 들어갔어요! 적어도 1시간 전부터는요. 난 여기 계속 있었거든요.」 바짝 마르고 키도 작은, 알록달록한 스웨터를 입은 한 남자가 대답했다. 「자, 샤를로야, 엄마한테 가 있어라……. 반장님, 전 여기 있었습니다. 만일 살인범이 쐐기풀 길로 들어갔었다면, 제가 분명 봤을 거예요.」

「총성을 들었소?」

「여기 있는 사람 모두 들었죠. 전 이 옆 사유지에서 사냥하는 줄 알았어요……. 전 그래도 이쪽으로 몇 걸음 들어와 보았답니다.」

「그런데도 이 길에서는 아무도 못 봤단 말이지?」

「아무도요.」

「물론 나무둥치들 뒤를 일일이 들여다보지는 않으셨

겠지!」

 매그레는 혹시나 하는 마음에 실제로 그렇게 해보고는, 다시 작은 성의 정문 쪽으로 걸음을 옮겼다. 정원사가 한쪽 길에서 자갈을 실은 외다리 수레를 밀고 가고 있었다.

「자네 주인 여기 없나?」

「공증인님 댁에 있을 거구먼유. 항상 카드놀이 하는 시간이니까.」

「그가 떠나는 걸 자네가 봤나?」

「지금 지가 반장님을 보듯이 분명히 봤지유! 지금으로부터 한 시간 반 전에유!」

「그러고는 정원에서 아무도 보지 못했나?」

「아무도 못 봤어유⋯⋯. 왜유?」

「자넨 10분 전에 어디 있었지?」

「강가에유. 거기서 자갈을 퍼 담았어유⋯⋯.」

 매그레는 그의 눈을 똑바로 들여다보았다. 거짓말하고 있는 것같이 보이지는 않았다. 더구나 매끄럽게 거짓말을 하기에는 너무 멍청한 사람이었다.

 반장은 더 이상 그에게 신경 쓰지 않고 담벼락 옆에 세워진 술통이 있는 곳까지 걸어가 보았다. 하지만 거기에도 살인범이 지나간 자취는 전혀 보이지 않았다.

 또 녹슨 철책 문도 살펴보았지만, 성과가 없기는 마찬

가지였다. 반장 자신이 오늘 오전에 밀고 나온 이후로 한 번도 열린 적이 없는 듯했다.

「하지만 분명히 누군가가 두 방을 쐈단 말이야!」

호텔에 돌아와 보니 사람들은 다시 자리에 앉아 있었지만, 대화 주제는 한 가지였다.

「아무 문제 없을 거예요!」 타르디봉이 냉큼 반장 앞으로 나오며 말했다. 「의사 선생이 공증인 프티 씨 댁에 있다는 사실을 방금 전에 알게 됐어요……. 그를 불러와야 할까요?」

「공증인 집이 어디 있소?」

「광장에요. 코메르스 호텔 옆이죠.」

「저 자전거 누구 거죠?」

「모르겠는데요……. 가져가셔도 괜찮습니다. 왜, 직접 가시려고……?」

매그레가 덩치에 어울리지 않게 작은 자전거에 올라타자, 안장 용수철이 애절한 신음을 발했다. 5분 후, 그는 넓고, 깨끗하고, 산뜻한 한 주택의 문에 달린 차임벨을 울렸다. 그러자 파란색 체크무늬 앞치마를 두른 늙은 하녀 하나가 문구멍을 통해 그를 쳐다보는 거였다.

「의사 선생 여기 계시오?」

「누가 찾아온 거야?」

반쯤 열려 있던 창문 하나가 활짝 열렸다. 쾌활한 인상의 한 남자가 손에 카드를 든 채 창밖으로 몸을 내밀었다.

「관리인 부인인가? ……곧 갈 거요.」

「의사 선생, 다친 사람이 있소! 지금 곧바로 라 루아르 호텔로 가줄 수 있겠소?」

「적어도 이번에는 범죄 사건이 아니겠지?」

크리스털 술잔들이 반짝이고 있는 탁자 주위에 앉아 있던 다른 세 사람이 일제히 일어섰다. 매그레는 그 가운데 생틸레르가 있는 것을 보았다.

「아니, 바로 범죄 사건이오! 빨리 가보시오!」

「죽었나요?」

「아뇨! 무엇보다도 붕대 챙기는 걸 잊지 마시오!」

매그레는 생틸레르에게서 눈을 떼지 않았다. 그리고 지금 작은 성의 주인이 엄청나게 격동해 있다는 것을 확인했다.

「여러분, 한 가지 질문하겠는데요…….」

「잠깐!」 공증인이 끼어들었다. 「왜 들어오시게 하지 않고 문밖에다 세워 놓고 있소?」

이 말에 하녀가 마침내 문을 열어 주었다. 반장은 복도를 건너, 궐련과 오래 묵은 술의 그윽한 냄새로 꽉 차 있는 응접실 안으로 들어갔다.

「그래, 무슨 일이 일어났소?」 집주인이 물었다. 아주 말쑥한 옷차림의 노인네로, 가늘고 고운 모발과 아기처럼 하얀 피부의 소유자였다.

매그레는 그의 질문을 못 들은 척했다.

「여러분께서 언제부터 게임을 하셨는지 알고 싶습니다.」

공증인은 괘종시계를 흘깃 쳐다보았다.

「한 시간은 족히 됐을 거요⋯⋯.」

「그 이후로 아무도 이 방을 떠나지 않았나요?」

그들은 놀란 표정으로 서로 쳐다보았다.

「그럴 수가 없지! 우리는 모두 네 명밖에 안 돼요. 브리지 게임을 하기 위한 최소 숫자라고요⋯⋯.」

「말씀하신 내용, 정말로 확실한가요?」

생틸레르는 얼굴이 시뻘게져 있었다.

「희생자가 누구죠?」 그가 목이 잠긴 채 물었다.

「에밀 갈레의 방에서 작업 중이던 감식과 직원이오. 좀 더 자세히 말하자면 그는 자코브 씨라는 사람에 대해 작업하고 있었죠.」

「자코브 씨라⋯⋯.」 공증인이 중얼거렸다.

「혹시 이런 이름을 가진 사람을 아십니까?」

「전혀 모르겠소! 이름을 보아하니 유대인이겠구먼⋯⋯.」

「생틸레르 씨, 한 가지 부탁을 해야겠습니다. 아주 어려운 일이겠지만, 철책 문 열쇠를 좀 찾아 주세요. 만일 필요하다고 판단되면 형사들을 동원해 드릴 수도 있습니다. 함께 성 안을 샅샅이 뒤져 볼 수 있게끔⋯⋯.」

술잔을 들어 한입에 털어 넣는 성주의 행동이 반장의 눈을 벗어나지 못했다.

「즐기시는데 방해해서 죄송합니다.」

「우리와 한잔하지 않으시겠소, 반장님?」

「고맙습니다만, 다음번에 하죠……」

그는 다시 자전거를 타고 달리기 시작했다. 왼쪽으로 꺾으니 금세 어떤 낡아 빠진 집 앞에 이르렀는데, 〈제르맹 펜션〉이라는 글씨가 흐릿하게 보이는 팻말이 붙어 있었다.

척 보기에도 빈티가 나고, 별로 깨끗해 보이지 않는 집이었다. 제대로 씻지 못한 꼬마 하나가 문턱에서 어정대고 있었고, 그 옆에서는 개 한 마리가 길의 흙먼지 속에서 물어 온 뼈다귀 하나를 빠득빠득 갉아 대고 있었다.

「부르상 양이 여기 계시오?」

한쪽 방에서 한 여인이 또 다른 아이를 품에 안고 걸어 나왔다.

「나갔어요. 오후에는 항상 나가요……. 하지만 언덕 위, 고성 근처에 가면 만날 수 있을 거예요. 책을 들고 나갔고, 거긴 그녀가 가장 좋아하는 장소니까요.」

「이 길로 가면 나옵니까?」

「저기 보이는 마지막 집 다음에 오른쪽으로 꺾으세요.」

비탈 중턱에 이르렀을 때, 매그레는 자전거에서 내려

이를 밀고 올라가야 했다. 그런데 이상하게도 뭔가 불안하고 마음이 안정되지 않았다. 아마 이번에도 헛다리를 짚고 있다는 예감 때문이리라.

「총을 쏜 사람은 생틸레르가 아니야. 이건 분명해! 하지만……」

그가 따라가고 있는 길은 일종의 공원을 가로지르고 있었다. 왼쪽에는 완만하게 비탈진 땅이 펼쳐져 있는데, 거기에 계집애 하나가 말뚝에 매인 염소 세 마리 곁에 앉아 있었다.

길이 갑자기 꺾이더니, 바로 위쪽 1백 미터쯤 떨어진 곳에 엘레오노르가 책을 손에 들고 벤치에 앉아 있는 게 보였다.

그는 열두 살 정도로 보이는 계집애를 불렀다.

「너, 저기 앉아 있는 아주머니를 아니?」

「네, 아저씨!」

「저 벤치에 책 읽으러 자주 오시냐?」

「네, 아저씨!」

「매일?」

「그런 것 같아요. 하지만 제가 학교에 갈 때는 볼 수가 없어서……」

「너 오늘은 여기 몇 시에 도착했니?」

「한참 전에요. 밥 먹고 나서 금방 왔어요.」

「근데 너 어디 사니?」

「저기 보이는 저 집에요.」

0.5킬로미터쯤 떨어진 곳에 위치한, 반쯤은 농가라 할 수 있는 야트막한 집이었다.

「그래, 와보니까 저 아줌마가 벌써 와 계시던?」

「아뇨!」

「그럼 언제 오셨지?」

「잘 모르겠어요! 대략 두 시간 전에?」

「그러고 나서 여기 계속 계셨니?」

「네!」

「큰길에서 산책도 안 했고?」

「안 했어요.」

「저 아줌마, 자전거 있냐?」

「없어요.」

매그레는 호주머니에서 2프랑짜리 동전을 꺼내 소녀의 손에 쥐어 주었다. 소녀는 동전은 쳐다보지 않고 그대로 손가락들을 꼭 오므렸다. 그리고 길 한가운데 꼼짝 않고 서서는, 다시 자전거에 올라 마을로 돌아가는 반장의 뒷모습을 멍하니 바라보았다.

그는 우체국에 들러 파리로 전보 한 통을 부쳤다.

토요일 오후 3시에 앙리 갈레가 어디에 있었는지 급히 알아보기 바람. 상세르에서 매그레.

「여보게, 그냥 놔두라니까!」
「이건 아주 급한 거라고 반장님 자신이 말씀하셨잖아요! 그리고 전 이제 아무렇지도 않다고요!」

오, 착한 뫼르스! 의사는 그가 머리에 총알을 여섯 발 정도 맞기라도 한 듯이 붕대를 복잡하고도 두툼하게 감아 놓았다. 또 그 새하얀 붕대 한가운데 반짝이는 코안경을 걸쳐 놓으니, 그 모습이 괴상하기 짝이 없었다.

저녁 7시가 되도록 매그레는 뫼르스의 부상이 그다지 심각하지 않음을 알고 있었기에, 그에 대해 크게 걱정하지 않았다. 그렇게 돌아다니다 이제 돌아와 보니, 그는 오전과 똑같은 장소에 앉아 있는 거였다. 유리판들과 촛불, 그리고 알코올버너 앞에.

「참, 자코브 씨에 대한 건 아무것도 찾아내지 못했네요. 하지만 방금 전에 편지 한 장을 복원해 냈어요. 〈클레망〉이라는 사람의 서명이 들어간 건데, 수신자는 잘 모르겠고, 망명한 어떤 대공(大公)에게 보낼 거라는 어떤 선물에 대해 얘기하고 있어요……. 〈기부금〉이라는 단어가 두 번 나오고, 〈충절〉이라는 단어도 한 번 나오네요.」

「별거 아니야.」

분명히 갈레의 사기 행각에 관련된 내용일 것이기 때

문이었다. 분홍 서류철에 든 문서들을 살펴보고, 또 베리 주와 셰르 주에 거주하는 귀족들에게 전화를 몇 통 해보고 나서, 매그레는 그간의 사정을 대충 파악할 수 있게 되었던 것이다.

정확히 언제였는지는 알 수 없지만, 아마 그가 결혼한 지 3~4년 후, 즉 그의 장인이 사망하고 1~2년 정도 지났을 때였을 것이다. 에밀 갈레는 유산으로 받은 『태양』의 헌 잡지 뭉치를 유용하게 써먹을 방법을 하나 생각해 냈다.

부수가 얼마 되지 않고, 그나마 거의 전부가 몇몇 정기 구독자에게 배포되는 이 잡지는 프레장이 쓰는 기사들을 통해 몇몇 시골 귀족들의 가슴속에 한 가지 희망을 품게 하고 있었다. 부르봉 왕가의 한 인물이 어느 날 프랑스 왕좌에 다시 오르는 걸 보게 되리라는 희망이었다.

『태양』지를 모아 놓은 것들을 여기저기 뒤적이던 매그레는 흥미로운 사실 하나를 발견했다. 즉, 언제나 반 페이지가량이 모금 운동에 참여한 기부자 명단으로 채워지고 있었다. 어려움에 처해 있는 어떤 유서 깊은 가문을 돕기 위한, 혹은 어떤 프로파간다 재원 마련을 위한, 혹은 어떤 기념일을 번듯하게 경축하기 위한 모금 운동이었다.

아마 갈레는 이것을 보고 왕당파들을 등쳐 먹겠다는 생각을 갖게 되었으리라. 그의 수중엔 그들의 주소가 있었다. 심지어는 이 명단 덕에 그들 각자에게 어느 정도까지 돈을 요구할 수 있는지, 그리고 어떤 종류의 감정에 호소해야 하는지를 훤히 알고 있었던 것이다.

「다른 종이들에도 같은 필체로 쓰여 있나?」

「같아요……. 제 스승이신 로카르 교수님[20]이라면 반장님께 더 많은 것을 얘기해 주실 텐데요……. 차분하고도 또박또박 쓴 필체, 그러면서도 단어의 마지막 부분에서는 어떤 신열(身熱)과 낙담의 징후들이 나타나고 있는……. 필적학자라면 서슴없이 단언했을 거예요. 이 편지들을 쓴 사람은 병이 들어 있고, 또 스스로 그 사실을 알고 있다고요……」

「그렇고말고! ……자, 뫼르스, 그 정도면 충분하네! 이젠 좀 쉬게나……」

매그레는 천 블라인드에 난 두 개의 구멍을 응시했다. 총알이 뚫어 놓은 두 개의 구멍이었다.

「잠깐, 아까 앉아 있던 자리에 와서 다시 앉아 보게!」

그는 어렵지 않게 총알의 탄도를 재구성해 냈다.

「두 개 다 각도가 같아.」 그는 결론을 내렸다. 「두 발을 같은 장소, 즉 담벼락 꼭대기에서 쐈다는 얘기야……. 가만, 근데 이게 무슨 소리지?」

---

20 현대 과학 수사에 큰 영향을 끼친 프랑스 범죄학자 에드몽 로카르(1877~1966)를 일컫는 듯하다.

그는 블라인드를 올렸다. 산책로에 높이 자란 잡초와 쐐기풀 사이로 정원사가 갈퀴를 들고 이리저리 돌아다니고 있었다.

「자네, 거기서 뭐하고 있지?」 매그레가 빽 소리쳤다.

「우리 주인이 나한테 뭐라고 시켰느냐면⋯⋯.」

「열쇠를 찾으라고?」

「바로 그거유!」

「그 양반이 자네보고 여기서 찾아보라고 그러던가?」

「그 양반도 지금 정원에서 찾고 있어유⋯⋯. 찬모와 하인까지 동원되어 집 안을 샅샅이 뒤지고 있지유⋯⋯.」

매그레는 블라인드를 느닷없이 휙 내려 버렸다. 그러고는 다시 뫼르스하고만 있게 되자, 휘파람을 휘익 불었다.

「호오, 요것 봐라⋯⋯? 여보게, 우리 내기 한번 하자고! ⋯⋯난 저 친구가 열쇠를 찾아낸다에 걸겠네.」

「무슨 열쇠를요⋯⋯?」

「그건 별로 중요하지 않아! ⋯⋯설명하자면 좀 기네. 자네, 몇 시에 저 블라인드를 내렸나?」

「점심 먹고 들어와서 금방이니까, 대략 1시 반 정도⋯⋯.」

「그런데 저 길에서 사람 발소리를 못 들었나?」

「신경 쓰지 않았어요⋯⋯. 작업에 푹 빠져 있었거든요. 제가 하는 작업이 보기엔 좀 바보 같아 보여도 사실은 아주 섬세한 작업이라서……」

「알아, 알아! 그런데 가만, 내가 자코브 씨에 대해 누구한테 얘기했더라? ……정원사에게 한 것 같은데…….[21] 그리고 생틸레르는 낚시하러 갔다가 점심 먹으러 들어와서는, 옷을 차려입고 카드 게임을 하러 가버렸다……. 타버린 다른 문서들 모두 클레망 씨가 쓴 것이 확실한가?」

「1백 프로 확실합니다!」

「그렇다면 별로 중요하지 않은 것들이야……. 중요한 것은 단 하나, 자코브 씨의 서명이 있는 편지이지. 〈현금〉과 〈월요일〉을 언급하고 있고, 이 월요일까지 2만 프랑을 요구하면서, 그렇지 않을 경우 수신인을 감옥에 처넣겠다고 협박하고 있는 듯 보이는 그 편지……. 그리고 살인은 토요일에 일어났고…….」

이따금 밖에서, 갈퀴가 돌덩이에 부딪히는 소리가 들렸다.

「총을 쏜 사람은 엘레오노르도, 생틸레르도 아니야. 반면…….」

「이게 웬일이래!」 갑자기 정원사의 목소리가 울렸다.

매그레는 우쭐한 미소를 지으며 블라인드 쪽으로 향

---

21 지금까지 매그레가 자코브에 대해 얘기한 사람은 생파르조의 우체부, 군경대 형사, 엘레오노르, 생틸레르(그리고 함께 카드 게임을 하던 마을 유지들)로, 정원사에게는 얘기한 적이 없다. 이 부분은 심농(혹은 매그레)의 착각인 듯싶다.

했다.

「자, 이리 주게!」 그는 손을 내밀며 말했다.

「이게 여기 있을 줄은 꿈에도 생각 못했는데……」

「이리 달라니까!」

엄청나게 큰 열쇠, 골동품 가게에서가 아니면 온 세상을 헤매고 다녀도 찾을 수 없을 성싶은 그런 모델의 열쇠였다. 철책 문 자물쇠와 마찬가지로 그 역시 녹이 슬어 있고, 몇 군데 긁힌 자국이 보였다.

「자네 주인에게는 그냥 나한테 줬다고 말하면 돼……. 자, 이젠 가게!」

「그게……」

「가라니까……!」

그런 다음 매그레는 블라인드를 내리고, 열쇠를 탁자 위로 던졌다.

「뫼르스, 자네 귀 일만 제외하면 오늘은 아주 멋진 하루였던 것 같아, 안 그런가? ……자코브 씨! 열쇠……. 두 번의 총격, 그리고 다른 모든 것들! 그러니까……」

「전보 왔습니다!」 타르디봉이 알렸다.

「이런, 내가 방금 말한 게 무색하구먼……」 전보를 쓱 훑어본 반장이 내뱉었다. 「전진하기는커녕, 오히려 후퇴했어! 자, 들어 보게나. 〈오후 3시에 앙리 갈레는 생파르조에 있는 그의 무친 집에 있었음. 6시 현재에도 거기에 있음.〉」

「그래서요……?」

「그래서 다시 꽝이네. 자네에게 총을 쐈을 수 있는 사람으로 남은 것은 이제 자코브 씨뿐……. 그런데 지금까지 자코브 씨는 비눗방울만큼이나 실체가 없는 존재란 말씀이야.」

8
자코브 씨

「오로르, 조금 있다 나가! 이런 꼴을 보일 필요는 없잖아?」

그러자 착 잠긴 한 목소리가 대답했다.

「나도 어떻게 할 수가 없어, 프랑수아즈……. 저 사람이 찾아오니까 8일 전 일이 생각나서……. 그리고 저 사람하고 함께한 그 여행도……. 그때 내 심정이 어땠는지 넌 이해 못할 거야…….」

「내가 이해 못하는 게 뭔지 알아? 어떻게 그런 사람이 죽었다고 언니가 그렇게 슬퍼할 수 있느냐는 거야. 언니 얼굴에 먹칠을 한 사람, 평생 언니를 속여 온 사람 아니야? 유일하게 잘한 일이 있다면 언닐 위해 보험을 들어…….」

「닥쳐!」

「어디 그것뿐이야? 그는 언니를 똥통이나 다름없는 이런 삶에다 떨어뜨려 놓았이. 한 달에 2천 프랑밖에 못 번다고 주장하면서 말이야. 하지만 보험 덕에 그가 버는 돈은 최소한 그 두 배이고, 그가 이 사실을 숨겨 왔다는 사실이 밝혀졌지. 그렇다면 두 배가 아니라 그 이상으로 벌었을지도 모를 일이잖아? 내 생각에, 그 인간은 두 살림을 했을 거야. 정부가 있었을 테고, 어쩌면 어디다 애들까지 감춰 놓았을지도 모르지……」

「프랑수아즈, 제발!」

매그레는 생파르조 갈레 집의 조그만 응접실에 혼자 있었다. 그를 안내해 준 하녀는 나갈 때 문 닫는 걸 잊었다. 그런데 응접실과 같은 복도에 면해 있는 식당의 문도 열려 있었고, 그리하여 그 안에서 대화하는 두 여인의 목소리가 그의 귀에까지 닿고 있었다.

응접실의 가구들은 물론 자질구레한 물건들까지 원래의 자리로 돌아와 있었다. 커다란 참나무 탁자를 볼 때마다, 며칠 전 검은 천이 씌워진 그 위에 관 하나와 촛불들이 놓여 있었다는 사실이 자꾸만 떠올랐다.

대기는 뿌연 회색빛이었고, 날씨는 무더웠다. 밤사이에 소낙비가 한차례 퍼부었지만, 그렇다고 해서 하늘이 모든 걸 덜어 낸 것 같지는 않았다.

「왜 내가 입을 다물고 있어야 하는데? 이건 나와는 상관없는 일이라고 생각해? 난 언니의 동생이야. 지금 자크는 정치적으로 큰 자리를 하나 얻으려 하고 있는 참이고.

우리 지역 사람들이 자크의 동서가 사기꾼이라는 사실을 알게 되었다고 가정해 보자고!」

「그럼 여기 왜 온 거니? 넌 20년 동안이나……」

「그래, 언닐 보지 않고 지냈지. 왠지 알아? 그 사람을 보고 싶지 않아서였어! 언니가 결혼하겠다고 했을 때, 난 내 의견을 분명히 밝혔어. 자크도 그랬고! 언니가 누구야? 언니는 이름이 〈오로르 프레장〉이야! 제부(弟夫) 한 명은 보주 지방에서 가장 큰 피혁 공장을 운영하고 있고, 또 다른 제부는 언젠가 장관 비서실장이 될 사람이야. 이런 언니가 에밀 갈레 같은 사람과 결혼할 수는 없는 노릇이었다고! 세상에, 에밀 갈레라니……! 이름부터가 벌써! 그것도 세일즈맨……!

어떻게 아버지가 이런 결혼을 승낙할 수 있었는지 궁금할 뿐이야……. 우리끼리 얘긴데, 난 그 이유를 알 것 같아. 말년에 이르러 아버지 머릿속엔 오로지 한 가지 생각밖에 없었어. 무슨 일이 있더라도 그 잡지를 발행하는 거였지. 그런데 갈레는 돈이 조금 있었고……. 그래서 그 돈을 『태양』에 집어넣게 했던 거야.

왜, 내 말이 틀렸어? 하지만 언니가, 나와 같은 교육을 받았고, 엄마와 닮은 언니가 그런 형편없는 인간을 선택했다는 것은 정말이지…….

날 그렇게 쳐다보지 마! 난 단지 언니가 그렇게 울고

있을 필요는 없다는 사실을 이해시켜 주고 싶을 뿐이야. 그와 함께 살면서 행복했어? ……솔직해 말해 봐!」

「모르겠어……. 모르겠다고…….」

「솔직히 언니 야심은 그것보다는 컸잖아!」

「난 항상 그가 뭔가 해보기를 바라고 있었어……. 또 그렇게 만들어 보려고 밀어 주기도 했는데…….」

「차라리 돌멩이를 밀겠다! 그리고 언넌 결국 체념해 버렸잖아. 그러다 그가 죽어 버렸을 때 언니가 거지가 되지 않는다는 보장은 아무 데도 없었어. 왜냐하면, 그 보험이라도 없었다면…….」

「하지만 그이는 준비해 뒀어.」 갈레 부인이 천천히 말했다.

「그거라도 없었더라면 정말로 볼만했겠군! 그런데 언니 말을 듣고 있으면, 꼭 언니가 그 사람을 사랑했던 것 같은 기분이 든다?」

「조용히 해……. 반장이 우리 얘길 듣겠어……. 자, 가서 그를 접대해야 해.」

「어떤 사람이야……? 나도 같이 갈게. 언니가 지금 이런 꼴이니 같이 가는 게 좋겠어. 그런데 오로르, 제발 그렇게 풀 죽은 모습 좀 보이지 마! 반장이 언니가 그의 공범이라고 생각할지도 모르잖아? 그래서 그렇게 우울하고, 그렇게 겁에 질려 있다고…….」

매그레에게는 간신히 뒤로 한 발 물러설 시간밖에 없었다. 두 여자가 샛문을 통해 불쑥 들어왔던 것이다. 그런데 나타난 그네의 모습은 그가 대화를 엿들으면서 상상했던 것과는 거리가 좀 있었다.

갈레 부인은 처음 만났을 때만큼이나 냉랭한 표정이었다. 그녀보다 두세 살 어려 보이는 동생으로 말할 것 같으면 머리는 금발로 탈색시켰고, 얼굴에는 분을 두껍게 발랐는데, 언니보다 한층 더 신경질적이고도 거만한 인상을 풍겼다.

「새로운 사실이라도 있나요, 반장님?」 미망인이 지친 어조로 물었다. 「좀 앉으세요……. 여기, 제 동생이에요. 어제 에피날에서 왔죠.」

「부군께서 거기서 무두장이로 일하신다는?」

「피혁 공장 소유주예요!」 프랑수아즈가 싸늘한 목소리로 정정했다.

「장례식 때는 못 뵌 것 같은데, 그렇죠? 그런데 부인께서 생명 보험금으로 30만 프랑을 받게 되었다는 소식이 신문에 실린 게 불과 사흘 전이었는데…….」

반장은 누가 보기에도 좀 무식해 보이는 품으로 이리저리 두리번거리며 느릿느릿 말했다. 그가 이렇게 생파르조를 다시 찾은 데에 뚜렷한 목적이 있는 건 아니었다. 단지 이곳의 분위기를 나시 봄으로 느껴 보고, 흐릿해져 가는 죽은 이의 이미지를 또렷하게 맞춰 보기 위함이었다.

하지만, 이왕이면 앙리 갈레를 만날 수 있었다면 더욱 좋았으리라.

「부인께 한 가지 질문을 드리고 싶습니다!」 그는 두 여자에게 몸도 돌리지 않은 채 말했다. 「부군께서는 두 분이 결혼하시면 부인이 집안의 따돌림을 받을 거란 걸 아셨을 텐데……」

그러자 프랑수아즈가 대신 대답했다.

「반장님, 그렇지 않아요! 처음에 우린 그를 받아들였어요. 심지어 제 남편은 다른 일을 찾아보라고 여러 번 충고도 해줬고, 도와주겠다는 제안도 했어요……. 하지만 우린 그가 평생 그런 보잘것없는 인간으로 남아 있으리라는 걸 깨닫게 되었고, 그때부터 그를 피하게 된 거죠……. 우리에게 해를 끼칠 수도 있는 일이었으니까요……」

「그럼 부인은요?」 매그레는 갈레 부인 쪽으로 몸을 돌리며 부드럽게 말했다. 「부인도 그에게 직업을 바꾸라고 말했나요? 그를 책망하기도 했나요……?」

「이건 사생활의 영역에 속하는 일 같은데요! 내가 이렇게 말할 권리는 있는 거겠죠?」

조금 아까 문을 통해 들었을 때, 매그레는 고통으로 인해 좀 더 인간적으로 변해 있는 여인을 상상했었다. 하지만 지금 눈앞에 있는 건 첫날 느꼈던 그 오만한 위엄이 여전히 시퍼렇게 살아 있는 여자였다.

「아드님께서는 부군과 사이가 좋았나요?」

갈레 부인의 동생이 또다시 끼어들었다.

「앙리, 그 애는 뭔가 될 거예요! 겉모습은 제 아버지와 닮았지만, 분명 프레장 집안 사람이니까! 그 애가 나이 들어서 이런 집안 분위기를 피해 도망가 버린 건 정말 잘한 일이죠……. 그 애는 벌써 오늘 아침부터 다시 일을 시작했어요. 어젯밤만 해도 간 질환 발작으로 그렇게 힘들어하던 애가…….」

매그레는 탁자를 쳐다보고 있었다. 이 응접실 어딘가에 에밀 갈레를 위치시켜 보려 하고 있었던 것이다. 하지만 좀처럼 그렇게 되지 않았다. 어쩌면 이 집 사람들이 손님을 맞이할 때 외에는 이곳에 절대 발을 들여놓지 않기 때문인지도 몰랐다.

「제게 하실 말씀이라도 있나요, 반장님?」

「아뇨! 이만 가보겠습니다. 두 분 방해해 죄송하고……. 그런데……. 예, 질문이 하나 있어요. 혹시 부군께서 인도차이나에 계실 때 찍은 사진 한 장 있나요? 결혼하기 전에 거기서 살았던 걸로 아는데?」

「제겐 그런 사진이 없어요……. 남편은 인생의 그 시기에 대해선 거의 입을 여는 법이 없었죠.」

「그가 무슨 공부를 하셨는지 알고 계십니까?」

「학식이 꽤나 깊은 사람이었어요. 제 선친과 자주 라틴 고전 작가들에 대해 얘기를 나누던 것이 생각나요.」

「그럼 어느 고등학교에서 소년 시절을 보냈는지도 모른단 말씀이세요?」

「그가 낭트 출신이라는 것이 제가 아는 전부예요.」

「자, 고맙습니다! 두 분 시간을 방해한 것을 다시 한 번 사과드리고요.」

매그레는 모자를 찾아 쓰고는 뒷걸음쳐 복도로 나왔다. 이 집에 발을 들여놓을 때마다 느끼는 그 규정하기 힘든 모호한 불안감을 다시 한 번 느끼면서.

「내 이름이 신문들에게 먹잇감으로 던져지지 않기를 바라요!」 나가고 있는 반장에 대고 프랑수아즈가 약간은 무례한 어조로 내뱉었다. 「아실지 모르겠지만 내 남편은 도 의원이에요. 정부 인사들 가운데에서도 영향력이 상당한 사람이고요. 그리고 당신은 공무원이니까……」

매그레는 차마 맞받아 쏘아붙일 용기는 없었다. 다만 그녀의 이마 한가운데를 뚫어져라 노려보다가, 한숨을 쉬고는 인사를 하고 나와 버렸다.

사팔뜨기 하녀의 인도를 받아 손바닥만 한 정원을 지나오면서 그는 더듬더듬 내뱉었다.

「불쌍한 우리 갈레……!」

그가 오르페브르 가에 있는 경찰청에 잠시 들른 것은 자기 앞으로 온 우편물을 찾아오기 위함이었지만, 우편물 가운데 이 사건과 관련된 것은 없었다. 경찰청을 나오면서 그는 병기계(兵器係)에 들러 보았다. 죽은 이의 두개골에서 뽑아낸 총알, 그리고 뫼르스를 표적으로 발사되었던 두 개의 총알을 조사했던 곳이었다.

「그래, 조사해 봤소?」

「네, 지금 막 보고서를 쓰려던 참이었습니다! 세 개의 총알이 동일한 무기에 의해 발사되었다는 사실에는 의심의 여지가 없어요! 아주 정확한 사격이 가능한 자동 권총입니다. 흔한 모델로, 아마 벨기에의 에르스탈 국립 무기 제조 공장에서 나온 것일 겁니다.」

어깨에 힘이 쭉 빠졌다. 그는 병기계 직원과 악수를 나누고는 택시를 잡아탔다.

「클리냥쿠르 가로 갑시다.」

「몇 번지죠?」

「그냥 거리가 끝나는 지점 아무 데서나 내려 줘요. 어느 쪽이든!」

그렇게 길을 가는 동안, 그는 생파르조 단독 주택의 그 끈적거리는 기억을 떨쳐 버리고, 강박 관념처럼 정신을 휘감아 오는 자매의 대화에서 벗어나 문제의 객관적인 여건들만을 검토하려고 노력해 보았다.

하지만 간단한 몇 가지 생각을 이어 가볼라치면, 여지없이 프랑수아즈의 얼굴이 튀어나오는 것이었다. 남편이 도 의원이라는 ― 그렇게 대놓고 떠드는 게 부끄럽지도 않은지! ― 그리고 갈레 부인이 30만 프랑을 가진 부자가 되었다는 소식을 듣자마자 단숨에 레 마르그리트 집으로 달려온 그 여자 말이다.

「〈그는 집안에 해를 끼쳤어요!〉라고 했지……」

결혼 초기에 그들은 에밀 갈레를 몹시도 몰아댔다. 다른 사위들처럼 그 또한 프레장 가문에 부끄럽지 않은 인물이 되지 않으면 안 된다는 생각을 심어 주기 위해!

선물용 잡동사니나 팔고 다니는 외판원에 불과한 사람에게……!

「그런데 이런 그가 무슨 용기로 생명 보험을 계약하고, 5년 동안이나 부금을 부어 올 수 있었던 걸까!」 죽은 이의 너무도 복합적인 면모 앞에서 혼란스러움과 이끌림과 혐오감이 착잡하게 얽히는 걸 느끼며 매그레는 속으로 탄성을 발했다. 「그렇다면 그는 진정으로 아내를 사랑했단 말인가? 그의 보잘것없는 조건을 놓고 여러 차례 다른 사람들처럼 질책해 댔을 그런 여자를?」

참으로 희한한 가정이었다! 참으로 희한한 인생들이었다! 아주 잠시였지만, 매그레는 갈레 부인에게서도 남편에 대한 진정한 애정을 조금이나마 감지하지 않았었던가?

문을 통해 엿들었을 때는 그랬었다! 하지만 그녀가 그의 앞에 나타났을 때, 그런 느낌은 깨끗이 사라져 버렸다! 그녀는 다시금 첫날 그를 맞이했던 여자로 돌아와 있었다. 그녀의 동생 프랑수아즈와 똑같은, 그 불쾌하고도 거만한 소시민적인 여자 말이다.

그리고 앙리, 첫 영성체 때 벌써 삐딱하게 기울인 머리와 의뭉스럽고도 의심 많은 시선을 지녔던 꼬마! 스물두 살의 나이에 엘레오노르가 전남편의 연금을 못 받게 될까 봐 결혼을 하지 못했던 청년! 간 질환으로 발작이 왔음에도 기어코 직장으로 복귀했다는 그 악착스러운 인간!

비가 내리기 시작했다. 운전사는 덮개를 씌우기 위해 차를 보도 옆에 세웠다.

「세 발의 총알은 같은 권총에서 나왔어. 그렇다면 동일 인물이 쐈다고 볼 수 있겠지! 그런데, 그중 마지막 두 발은 앙리도, 엘레오노르도, 생틸레르도 쏠 수 없는 상황이었어.

어떤 부랑자가 쏜 것도 아니야. 부랑자가 살인을 위한 살인을 범하는 경우는 없으니까. 그들의 목적은 훔치는 거지. 그런데 도둑맞은 물건이 전혀 없었어.」

죽은 이의 흐릿하고도 우울한 모습 주위를 공전하며 답보하는 수사는 점점 더 힘들고 피곤하기만 한 것이 되어 가고 있었다. 그런 기분이었기에, 클리냥쿠르 거리 첫 번째 건물의 수위실로 들어가는 매그레의 얼굴은 잔뜩 굳어 있었다.

「자코브 씨라는 사람을 아시오?」

「무슨 일 하는 사람인데요?」

「모르오! 어쨌든 그 사람은 자코브라는 이름으로 우편물을 받고 있소…….」

비는 여전히, 주룩주룩, 원 없이 쏟아지고 있었다. 하지만 반장은 오히려 속이 후련했다. 비좁은 가게들과 누추한 가옥들이 다닥다닥 붙어 있는 이 서민 동네가 뿌연 우연(雨煙)에 잠겨 있는 모습은, 적어도 지금 자신의 마음 상태와 정확히 일치했기 때문이었다.

이처럼 집집마다 일일이 돌아다녀야 하는 고역은 아무 부하에게 맡겨도 될 일이었다. 하지만 매그레는, 이유는 자신도 정확히 알 수 없었지만, 이 일에 동료를 끌어들이는 게 썩 내키지 않았다.

「자코브 씨 아시오?」

「여기서 찾으면 안 될 것 같은데요……. 저쪽으로 가보세요. 거기에 유대인들이 모여 살아요.」

그는 무수한 수위실 문을 빼꼼히 열어 보거나 창구 유리창 사이로 머리를 들이밀었다. 그렇게 무수한 수위들에게 질문을 하고 났을 때, 부석거리는 엷은 금발의 뚱뚱한 여자가 의심 가득한 눈으로 그를 쳐다보았다.

「그래, 자코브 씨한테 무슨 볼일이 있으신데요? 경찰에서 오셨죠, 그렇죠?」

「맞소, 수사국에서 나왔소. 그는 집에 있소?」

「이 시간에 집에 있으리라고 기대한 건 아니겠죠!」

「어딜 가면 그를 찾을 수 있겠소?」

「어디긴, 그 사람 자리에서죠! 클리냥쿠르 가와 로슈 슈아르 로가 만나는 모퉁이에 있어요……. 설마 그 사람을 괴롭히려고 하는 건 아니겠죠……? 나쁜 짓은 절대로 하지 않았을, 그저 불쌍한 노인네예요! ……가끔 허가 없이 영업을 한 건가?」

「그는 우편물을 많이 받소?」

수위 여인은 눈썹을 찌푸렸다.

「아, 그것 때문이었구나! 나도 짐작은 했지. 그렇게 깔끔한 일 같아 보이지는 않았으니까……. 그렇다면 나만큼은 잘 알고 계시겠네요. 그가 받는 편지는 두세 달에 한 통에 불과했다는 사실을…….」

「등기 우편이었소?」

「아뇨! 편지라기보다는 조그만 소포에 가까웠죠.」

「속에 지폐들이 들어 있었겠지, 그렇지 않소?」

「난 아무것도 몰라요!」 그녀가 딱 잘라 말했다.

「천만에! 당신도 봉투를 손으로 더듬어 봤겠지. 그리

고 그게 지폐 다발이라고 당신 역시 생각했을 거요……」

「만일 그랬다면요? 뭐, 잘못된 거라도 있나요? ……지폐가 들어 있었는지 모르겠지만, 내가 알기론 자코브 씨도 그걸 꺼내진 않았어요.」

「그의 방은 어디소?」

「그 양반 다락방 말하는 건가요? 맨 꼭대기 층에요! 매일 저녁 목발을 짚고 올라가는 게 그에겐 쉽지 않은 일이겠지만……」

「그를 찾아온 사람은 없었소?」

「아마 3년쯤 됐을 거예요……. 사복 차림의 신부님같이 보이는 턱수염 난 신사 한 분이……. 전 그때도 지금 형사님께 하듯 대답했답니다.」

「자코브 씨는 그때 벌써 편지를 받고 있었소?」

「한 통을 받았죠.」

「그 남자는 모닝코트를 입고 있었소?」

「온통 검은 옷을 입고 있었어요. 꼭 신부님 같았죠.」

「자코브 씨에겐 다른 방문객이 없소?」

「딸만 찾아와요. 르피크 가의 한 아파트에서 하녀로 일하고 있어요. 출산을 앞두고 있죠.」

「노인네의 직업은 뭐요?」

「뭐라고요? 모른다고요? 아니, 경찰에서 나온 거 맞아요? 아니면 나를 가지고 장난치고 있는 거든지……. 자코브 씨가 누구냐고? 아, 이 동네에서 가장 오래된 신문 장수 노인 아니요? 므두셀라[22]만큼이나 유명한······.」

매그레가 걸음을 멈춘 곳은 클리냥쿠르 가와 로슈슈아르 로가 만나는 모퉁이에 위치한, 〈오 쿠샹(황혼 녘)〉이라는 이름이 붙은 어느 바 앞이었다. 바의 테라스가 끝나는 곳 옆에는 장사치 하나가 구운 땅콩이며 아몬드 등속을 팔고 있었다. 필경 겨울철이면 군밤 장수로 변신하리라.

클리냥쿠르 거리 쪽으로는 한 왜소한 노인네가 조그만 민걸상에 쭈그리고 앉아 쉬어 빠진 목소리로 자신이 파는 신문들의 이름을 읊조리고 있었고, 그 단조로운 소리는 곧바로 사거리의 와글와글한 소음에 묻혀 사라져 갔다.

「앵트랑······ 리베르테······ 프레스······ 아리수아르······ 앵트랑······」

목발 한 짝이 바의 유리창에 기대어 있었고, 노인의 한쪽 발에는 가죽 구두가 신겨 있었지만, 다른 한쪽에는 일그러진 실내화가 꿰어져 있을 따름이었다.

신문 장수의 모습을 본 순간, 매그레는 〈자코브 씨〉라

---

22 구약 성경에 등장하는 인물로 에녹의 아들이며 노아의 할아버지. 969살까지 살았다는, 성경의 최고령 인물이다.

는 명칭이 그의 본명이 아닌 별명이라는 사실을 깨달았다. 노인네의 긴 수염은 끝이 뾰족한 두 갈래의 다발로 나뉘어 있었고, 그 위에 큼직한 매부리코가 달려 있는 것이, 사람들이 흔히 〈자코브〉라고 부르는 도기(陶器) 파이프에 그려진 인물상을 빼닮았기 때문이다.

반장의 머릿속에는 뫼르스가 재구성해 낸 편지의 몇몇 단어가 떠올랐다. 〈2만〉…… 〈현금〉…… 〈월요일〉…….

그는 절름발이 노인 위로 몸을 굽히고는 다짜고짜 물었다.

「마지막으로 받은 편지 갖고 있소?」

자코브 씨는 고개를 쳐들고는, 그 불그스름한 눈꺼풀을 여러 번 껌뻑거렸다.

「당신 누구요?」 그는 한 손님에게 「앵트랑지장」 한 부를 건넨 다음, 회양목 재질의 나무 그릇에서 잔돈을 찾으면서 마침내 되물었다.

「수사국에서 나왔소! 자, 우리 점잖게 얘기합시다. 아니면 영감을 모셔 가야 할 수도 있으니……. 사건이 질이 썩 좋지 않소…….」

자코브 씨는 보도에 찍 침을 뱉었다.

「그래서요?」

「영감, 타자기 가지고 있소?」

노인은 낄낄대더니 이번에는 씹는담배 한 조각을 뱃

하고 뱉어 냈다. 그러고 보니 그의 앞에는 그렇게 뱉어 낸 조각들이 형태도 다양하게 널려 있었다.

「뭐, 그렇게 말을 빙빙 돌릴 필요 없잖수!」 그는 걸쭉하면서도 탁한 목소리로 내뱉었다. 「내가 아니란 건 잘 알고 있잖아……. 어쨌든 내 일이 들통 나 유감이구먼……. 수입이 꽤나 짭짤했는데 말이야!」

「얼마나 받았는데……?」

「그 여자는 편지 한 통당 1백 수[23]씩 줬지……. 그래, 이게 어디 시시한 장사요?」

「관련자들을 모두 중죄 재판소로 끌고 갈 수 있는 장사지.」

「뭐……! 그렇다면 그게 정말로 1천 프랑짜리 지폐들이었단 말인가? 잘 모르겠던데……. 하기야 봉투를 만져 보면 바스락거리는 소리가 나기도 했었지……. 봉투를 들어 빛에 비춰 보려고도 해봤지만, 종이가 너무 두꺼웠어…….」

「그 봉투를 어떻게 했소?」

「여기로 가지고 왔지……. 알릴 필요조차 없었어. 5시경이 되면 그 여자분이 나타난다는 것을 확실히 아니까. 와서는 〈앵트랑〉 한 부를 받아 들고는 이 그릇에 1백 수

---

23 1960년 이전에 통용되던 프랑스의 동전으로 5상팀에 상당한다. 1상팀은 1프랑의 1백분의 1이므로, 따라서 1백 수는 5프랑이다.

를 넣은 다음, 소포를 자기 핸드백 속에 집어넣는 거요.」

「작달막한 갈색 머리 여자요?」

「천만에! 키가 훌쩍한 금발이지! 약간 적갈색이 감도는 금발! 옷은 아주 멋지게 차려입었지! 항상 지하철에서 나오곤 했소.」

「이런 서비스를 처음 부탁한 게 언제요?」

「거의 3년 됐을 텐데……. 잠깐만! 내 딸년이 첫째 아이를 낳아서는 빌뇌브생조르주에 있는 유모 집으로 데려갔을 때였으니까…… 맞아! 3년이 좀 못 되는구먼……. 늦은 시각이었소……. 파는 물건들을 꾸려서 등에 짊어지려 하고 있을 때였지……. 그녀가 다가와 내게 주소가 있는지 묻고는, 자길 도와줄 수 있겠느냐고 묻더군……. 아시겠지만, 라 뷔트,[24] 이 동네에 있으면 별의별 일을 다 보거든…….

이건 뭐였냐 하면, 내 이름으로 편지를 받아서, 그걸 뜯지 말고 당일 오후 여기로 가져오라는 거였소.」

「보수를 5프랑으로 정한 건 영감이오?」

「그 여자요……. 나는 그 여자에게 농담 삼아 한마디 했지. 이 정도 일해 주면 이보다는 더 줘야 하지 않느냐, 적

---

24 〈라 뷔트〉는 〈언덕〉이라는 뜻이며, 파리 북부의 몽마르트르 언덕과 그 주변 지역의 별칭이다. 클리냥쿠르 가와 로슈슈아르 로는 모두 이 지역에 위치해 있다.

어도 술 한 병 살 돈은 돼야 하지 않겠느냐. 그러니까 그녀는 땅콩 장수 쪽으로 가려고 하는 거야! 알제리 녀석한테! 한 푼도 안 받고 일해 줄 수 있는 종자들한테……! 결국 내가 승낙했지……」

「그녀가 어디 사는지는 모르시오?」

자코브 씨는 한쪽 눈을 찡긋했다.

「아무리 경찰이라도 찾아내기 힘드실 텐데! 사실 초기에 그걸 알고 싶어 하는 사람이 또 하나 있었소. 우리 집 수위 여자가 그에게 내가 여기서 신문을 판다고 가르쳐 줬다고 합디다. 그러고는 그 사람의 인상착의를 내게 말해 줬는데, 난 그 젊은 여자의 아버지라고 생각했었지.

그런데 그 사람은 내게 말을 걸지 않고, 주위를 빙빙 돌기만 했어. 물론 내가 소포를 받은 날에 말이오. 자, 보시오! 그는 저기 저 과일 가게 진열대 뒤에 숨어 있곤 했소. 그러다 그녀를 뒤쫓아 부리나케 달리기 시작했지…….

하지만 헛수고였어! 결국 나를 찾아와서는, 그 여자 주소를 알려 주면 1천 프랑을 주겠다고 합디다. 나도 아무것도 모른다고 말했지만 그는 믿으려 하지 않았지. 아마 그 여자는 전철과 버스를 수없이 갈아탄 다음, 입구가 양쪽으로 뚫린 어느 아파트 건물에서 그를 떨쳐 버린 모양이라.

그런데 그 양반, 표정이 아주 심각하더군. 그래서 그

여자 아버지가 아니란 걸 눈치챘지…….

그는 두 번 더 시도해 봤어. 난 여자에게 이 사실을 알려 주었지. 내 고객이니까 그래야 할 의무가 있다고 믿었거든……. 그리고 내 생각으로는, 그때 그녀가 그 양반을 끌고 다니면서 완전히 녹초가 되도록 뺑뺑이를 돌린 것 같아. 왜냐면 그 이후론 두 번 다시 나타나지 않았으니까.

그런데 말이지! 그런 일을 해준 내가 얻게 된 게 뭔지 아시오? 그 남자는 1천 프랑을 주겠다고 했는데, 그 여자는 달랑 1루이[25] 한 개야! 그마저 내가 잔돈이 없다고 했기에 망정이지, 안 그랬으면 10프랑밖에 못 받을 뻔했어. 게다가 잘 알아듣지는 못했지만 별로 곱지 않은 말을 몇 마디 웅얼대면서 가더라고! 아, 정말로 약아 빠진 여자야! 또 짜기는 얼마나 짠지!」

「마지막 편지는 언제 왔소?」

「석 달은 족히 되었을 거요……. 그런데 옆으로 좀 비켜 주시오. 거기 서 있으면 손님들이 내 신문을 보지 못하잖소……. 자, 더 이상 도와드릴 건 없겠지? ……그런데 솔직히 나 괜찮은 인간 아니오? 당신을 속이려고 하지도 않았잖아…….」

매그레는 나무 그릇에 20프랑을 던진 다음, 손을 젓는 것으로 인사를 대신하고는 깊은 상념에 잠겨 그곳을 떠

---

25 과거에 사용되던 프랑스 주화로 20프랑에 상당한다.

났다.

 지하철 입구를 지나면서, 치미는 혐오감에 그의 얼굴이 잠시 찌푸려졌다. 자코브 노인에게 5프랑을 던져 준 다음, 1천 프랑짜리 지폐 몇 장이 들어 있는 봉투를 들고는 그 입구 속으로 총총히 멀어져 갔을 엘레오노르 부르상의 모습이 떠올랐던 것이다. 그러고는 전철과 버스를 여남은 번 갈아탄 다음, 그것도 모자라 입구가 두 개 있는 건물을 거치는 용의주도함을 보여 준 후, 유유히 자기 집으로 들어갔으리라…….

 그런데 이 사실과, 모닝코트를 벗어부치고 3미터 높이의 담벼락 꼭대기까지 악착같이 기어올라야만 했던 에밀 갈레와 무슨 관련이 있을 수 있단 말인가?

 매그레가 마지막 희망을 걸었던 자코브 씨라는 인물은 비눗방울처럼 꺼져 버렸다.

 자코브 씨는 존재하지 않는 것이다!

 그렇다면 그의 진정한 정체는 그 커플이라고 믿어야 할 것인가? 아버지의 비밀을 알아내고, 그를 협박했을 앙리 갈레와 엘레오노르 부르상이라고?

 하지만 엘레오노르와 앙리는 그를 죽이지 않았지 않은가?

 생틸레르 또한 그를 죽이지 않았다. 철책 문이 열려 있었던 점, 그리고 반장이 〈무슨 일이 있더라도 열쇠를 찾아내겠다고 엄포를 놓자 그 자신이 쐐기풀 길에 던져 놓고는 정원사를 시켜 찾아내게 한 점〉 등 이상한 점이 한둘이 아니긴 하지만!

어쨌거나 분명한 것은 뫼르스 쪽으로 총알 두 발이 발사되었고, 처제의 주장에 따르면 〈온 집안에 해를 끼쳤다〉는 사내, 에밀 갈레가 살해되었다는 사실이다!

지금 생파르조 사람들은 아직도 그에게 욕을 해대면서, 그라는 인간과 그 삶의 초라함을 강조하면서, 또 그가 죽었기에 30만 프랑이라도 들어왔다는 사실을 생각하면서 스스로를 다독이고 있었다!

앙리는 벌써 오늘 아침부터 소브리노 은행의 증권 투자 업무를 재개하고 있었다! 또 엘레오노르와 시골에 내려가 살게 해줄 50만 프랑을 만들기 위해 10만 프랑의 저축을 열심히 굴리고 있었다!

엘레오노르는 5프랑 쪼가리 하나와 신문 장수의 봉투를 교환할 때 보여 준 그 냉정한 태도로 상세르에서 매그레의 일거수일투족을 엿보고 있었고, 반장을 찾아와서는 너무나도 차분하고도 천연덕스러운 얼굴로 자신의 삶을 얘기하고 있었다!

그리고 생틸레르는 공증인의 집에서 느긋이 카드 게임을 즐기고 있었다!

오직 에밀 갈레만이 여기에 없는 것이다! 총알로 한쪽

뺨이 떨어져 나가고 심장에 구멍이 뚫려 있던 그는, 일곱 손님이 기다리고 있다는 법의관이 함부로 주무르던 그는, 누구 하나 눈꺼풀을 내려 줄 생각을 하지 않아 그 잿빛 눈을 멀거니 뜨고 있던 그는, 지금 관 속에 단단히 갇혀 있는 것이다!

「저 끝 왼쪽 작은 길로 들어가면, 전(前) 시장님의 분홍색 대리석 기념비 근처에 있어요!」 공동묘지 관리도 함께 맡고 있는 성당지기는 이렇게 말했었다.

그리고 코르베유의 장의사 도급업자는 아주 까다로운 주문서를 받아 들고는 당혹스런 표정으로 머리를 긁적이고 있었다. 〈간결한 형태에 점잖은 취향의, 너무 비싸지 않으면서도 품위 있는 아주 단순한 묘석〉.

매그레는 이보다 더한 일들도 봐왔다. 하지만 그는 그 적갈색 감도는 머리의 키 큰 여인이 꼭 엘레오노르 부르상이라는 법은 없다고, 또 설사 그녀가 자코브 씨의 고객이었다고 할지라도 앙리가 그녀의 공범이라는 증거는 없다고 생각하려 애썼다.

「가장 간단한 방법은 그녀의 사진을 늙은이에게 보여 주는 거야!」

그래서 그는 택시를 잡아타고 튀렌 가로 갔다. 거기에 있는 젊은 여인의 아파트에 가면 분명 사진 한 장을 구할 수 있으리라 생각하면서.

「부르상 부인은 안 계세요. 대신 앙리 씨가 와 계세요!」 수위 여자의 대답이었다.

저녁 어스름이 깔리고 있었다. 매그레는 좁은 벽들에 부딪혀 가며 계단을 올라, 수위가 알려 준 아파트 문을 노크도 없이 열었다.

앙리 갈레가 거기 있었다. 탁자 위로 몸을 굽히고 상당히 큰 꾸러미 하나를 끈으로 묶는 중이었다. 그는 화들짝 놀라더니, 반장을 알아보고는 이내 냉정을 되찾았다.

하지만 그는 아무 말도 하지 않았다. 어금니를 얼마나 꽉 깨물고 있는지, 이빨깨나 아팠으리라. 일주일 동안 그에게 일어난 변화는 소름이 끼칠 정도였다. 두 볼은 움푹 꺼졌다. 광대뼈는 툭 튀어나와 있었다. 특히 안색은 납빛으로 죽어 있어 섬뜩할 정도였다.

「보아하니, 어젯밤에 간에 발작이 와서 끔찍하게 앓으셨던 모양이구만!」 반장의 말투는 자신도 모르게 맹수처럼 사나워져 있었다. 「비키시오!」

꾸러미는 타자기 모양이었다. 경찰관은 거친 동작으로 마분지를 뜯어내고, 호주머니에서 백지 한 장을 찾아내 타자기에 끼우고 아무 자나 몇 글자 친 다음, 종이를 자기 지갑 속에 집어넣었다.

장시간 타자하는 소리가 가구들에는 덮개가 덮여 있고, 휴가를 떠나며 유리창에 신문지를 발라 놓은 자그마

한 거처의 정적을 깨뜨리고 있었다.

앙리는 서랍장 위에 팔꿈치를 기대고 방바닥을 내려다보고 있었는데, 얼마나 팽팽하게 긴장한 모습으로 서 있었는지 보기에도 안쓰러울 정도였다.

매그레는 둔중한 동작으로, 하지만 가차 없이 자신의 일을 계속해 가고 있었다. 서랍들을 열어 보고, 거친 손길로 그 내용물을 뒤져 보았다. 결국 엘레오노르의 사진 한 장을 찾아냈다.

이제 떠날 준비가 된 그는 중산모를 목덜미가 덮이도록 뒤로 젖혀 쓰고, 사진을 손에 쥔 채로 청년 앞에 서서는 그를 머리에서 발끝까지 슥 훑어보았다.

「나한테 할 말 없소?」

앙리는 우선 침을 꿀꺽 삼키더니, 겨우 이렇게 대답했다.
「없습니다!」

매그레는 한 시간 후에야 자코브 씨가 여전히 신문 가판대 앞에 쭈그리고 앉아 있는 클리냥쿠르 가에 도착했는데, 이는 의도적이었다.

더 이상의 증거가 필요했던 것일까? 과연, 노인이 있는 곳에 다다르기도 전에 한 선술집의 유리창 뒤에서 앙리 갈레의 그 길쭉하고도 핏기 없는 얼굴을 포착할 수 있었다.

잠시 후, 자코브 씨는 단언했다.

「이 여자 맞소! 분명해! 이 여자, 이젠 끝났군……!」

매그레는 아무 말도 하지 않고 걸음을 옮겼다. 그러면서 이글거리는 눈으로 선술집 쪽을 노려보았다. 그대로 들어가, 어깨에 한 손을 턱 올려놓는 것만으로 그의 간에 또 한 번의 발작을 일으킬 수도 있으리라.

「그렇긴 해도, 저들이 그를 살해한 건 아니니까!」

반 시간 후, 아무에게도 인사를 건네지 않고 뚜벅뚜벅 걸어 경찰청 구내를 통과한 매그레는 책상 위에서 느베르 간접세 징수관이 보낸 편지를 발견했다.

9
장난 결혼

만일 느베르의 크뢰즈 가 17번지에 있는 제 집에 한 번 은밀히 들러 주신다면, 반장님께서 아주 흥미롭게 여길 에밀 갈레에 대한 정보를 몇 가지 제공해 드리겠습니다.

매그레는 크뢰즈 가에 와 있었다. 붉고 검게 꾸며진 거실. 그의 앞에, 마치 거창한 음모를 함께 꾸미는 사람 같은 태도로 그를 이 방까지 인도해 온 간접세 징수관이 앉아 있었다.

「하녀는 멀리 보냈어요! 아시겠지만, 그렇게 하는 편이 나을 것 같아서요! 그리고 혹시 반장님이 여기 들어오는 걸 본 사람이 있으면, 그들에게는 반장님이 보케르에 사는 제 사촌이라고 해두겠습니다……」

그는 말할 때마다 자신의 말을 강조하려는 듯 두 눈을

꿈쩍꿈쩍했다. 제 딴에는 한 눈을 찡긋한다고 하는 것일까? 어쨌든 그는 한 눈만 감는 대신 양쪽 눈을 아주 빠른 속도로 한꺼번에 감고 있어서, 윙크라기보다는 신경증적인 버릇처럼 보였다.

「혹시 반장님도 식민지 출신이신가요? 아니에요? 그럴 지도 모른다고 생각했는데……. 유감이군요. 식민지 경험이 있으면 더 잘 이해할 수 있을 텐데요…….」

그의 눈꺼풀은 끊임없이 내려왔다 올라가고 있었다. 이에 따라 목소리는 점점 더 은밀한 어조를 띠어 갔고, 표정에는 장난스러움과 두려움이 교차하고 있었다.

「난 10년을 인도차이나에서 보냈습니다. 아직 사이공에 파리 같은 대로들이 없던 시절이었죠……. 거기서 갈레를 알게 됐어요…….

내가 이렇게 반장님을 뵙자고 한 것은 바로 칼침 때문입니다……. 자, 무슨 말인지 곧 이해하시게 될 거예요…….

내 장담하건대, 반장님은 아직 아무것도 찾아내지 못하셨을 겁니다! 이건 식민지 출신들만이 이해할 수 있는 일이기 때문이죠! 그럼요! 〈그곳을 직접 겪어 본〉 사람들만이요…….」

매그레는 징수관이 어떤 유형의 사람인지 이미 파악을 끝내고 있었다. 이런 유형의 사람과 얘기할 때는 그의 말이 끝날 때까지 그저 꾹 참고 기다려야 하는 법이다. 절대로 말을 끊어서는 안 되고, 조금이라도 그의 장광설을 단축하고 싶다면 열심히 고개나 끄덕여 주는 수밖에 없는 것이다!

「아, 우리의 갈레 군, 정말로 유쾌하고 재미있는 친구였죠! 공증인 서기인가 뭔가로 일했어요. 그가 모시던 양반은 그 후 승승장구해서 지금은 상원 의원까지 되셨고……. 갈레는 엄청난 스포츠광이었어요! 글쎄 이 친구가 축구팀 하나 만들 생각을 하지 않았겠어요? 그래서 우리를 모아서는 거의 강제로 팀을 꾸몄죠. 하지만 우리의 상대가 될 만한 다른 팀이 없었답니다……. 뭐, 어쨌든!

그런데 이 친구가 축구보다 더 좋아한 게 있었으니, 바로 여자였어요. 그리고 그쪽에 있으면 그런 기회가 꽤 많아요……. 완전히 카사노바였지요! 그 친구가 거기 애들을 가지고 논 생각을 하면…….

잠깐만 실례할게요!」

그는 살금살금 문 쪽으로 걸어가서는, 문을 홱 열어 그 뒤에 아무도 없다는 걸 확인하고 돌아왔다.

「자, 그래서…… 한번은, 장난이 좀 심했죠. 그리고 나도 별로 자랑스럽지 못한 얘기지만 ― 사실 그다지 내키진 않았어요 ― 공범 역할을 해줬고요. 한 농장 주인이 말레이 일꾼들을 2백~3백 명 수입해 있지요. 그 가운데는 여자와 애들도 섞여 있었고요……. 그런데 그중에 뭐랄까, 흑단을 깎아 낸 듯한 몸매의 기똥찬 계집애가 하나 있었죠……. 이름이 뭐였는지는 생각나지 않네요…….

하지만 이건 똑똑히 기억하지요. 그때 난 태평양 원주민들에 대한 스티븐슨의 책을 읽고 난 참이라 그 내용을 갈레에게 얘기해 주었어요……. 야성적인 원주민 처녀를 하나 따먹기 위해 웃기는 결혼식을 벌이는 백인 남자의 이야기였지요…….[26]

그 얘기를 듣고 우리 에밀은 열광했어요! 그 당시 말레이 사람들은 아직 글을 읽을 줄 몰랐죠. 특히나 가축처럼 실어 오는 그 불쌍한 친구들은…….

자, 그래서 갈레는 계집애의 아빠에게 가서 결혼 신청을 했지요……. 그는 미래의 처갓집 사람들에게 우스꽝스러운 옷들을 입혔고, 그런 식으로 기다란 행렬을 하나 만들어서는 미리 봐둔 오두막으로 몰고 갔지요.

그때 시장, 즉 주례 역할을 한 친구는 지금은 죽고 없어요. 하지만 그 웃기는 코미디에 참가했던 다른 사람들은 찾으려면 찾을 수도 있지요……. 정말이지, 이 갈레는 엄청난 장난꾼이었답니다! 그는 그 코미디를 최대한도로 웃기게 만들려고 신경 많이 썼지요…….

26. 로버트 루이스 스티븐슨의 단편 「팔레사 해변The Beach of Falesá」(1892)을 말할 것이다.

주례사 등 각종 연설은 배꼽 빠지게 웃겼고, 계집애에게 엄숙하게 수여한 그 결혼 증서는 처음부터 끝까지 골 때리는 내용이었어요…….

가족들과 증인들, 그리고 그 자리에 모인 나머지 인간들을 조롱하는 엄청난 농담들이었죠…….」

간접세 징수관은 잠시 말을 멈추었다. 보다 엄숙한 표정으로 돌아오기 위해 필요한 시간이었다.

「자, 그런 일이 있었죠! 갈레는 그녀와 부부로 3~4개월을 살았어요. 그런 다음 프랑스로 돌아왔죠. 물론 그 가짜 아내는 거기 남겨 두고…….

우린 그때 아직 혈기 넘치는 젊은 애들이었어요……. 그렇지 않았다면 그런 고약한 장난은 하지 않았겠죠. 왜냐, 말레이 사람들은 용서하는 법이 없으니까…….

반장님은 그들이 어떤 사람들인지 잘 모르실 겁니다……. 계집애는 남편이 돌아오기를 오래 기다렸어요. 그 후에 그녀에게 어떤 일이 일어났는지 잘 모르겠습니다. 하지만 몇 년 후에 난 사이공의 어느 지저분한 동네에서 폭삭 늙어 버린 그녀를 다시 보게 됐죠…….

느베르의 신문에서 갈레의 이름을 발견했을 때……. 아세요? 난 그 이후 25년 동안 그를 한 번도 다시 본 적이 없어요. 심지어는 그에 대한 얘기도 들어 본 적이 없었죠.

하지만 그 칼침은……. 그렇지 않습니까? ……이제 이

해가 가십니까? ……복수예요. 이건 분명히 복수라고요! 그 말레이 사람들은 복수를 하기 위해서라면 지구를 한 바퀴 돌 수 있는 사람들이에요. 그리고 그들은 보통 단검을 사용하죠.

그 계집애에게 형제가, 혹은 아들이 있었다고 가정해 봅시다. 좀 더 문명화된 누군가가……. 그는 먼저 권총을 사용했어요. 왜냐면 그게 더 편리하니까. 그러고는 부족의 본능이 튀어나온 거지요.」

매그레는 멀뚱한 눈을 하고서, 징수관의 말을 한 귀로 흘려들으며 그가 장광설을 끝내기만을 묵묵히 기다리고 있었다. 자신만의 공상에 빠져 떠들어 대는 이런 사람의 말은 중간에 끊을 필요가 없다는 사실을 잘 알기 때문이었다. 보통 어떤 형사 사건이 일어나면, 이 징수관 정도의 정보를 제공하는 증인이 수없이 나타난다. 이 사건에서는 증인이 한 명밖에 나타나지 않는데, 그 이유는 아마도 파리의 신문들이 이 비극을 아주 간단히 언급하고 넘어갔기 때문이리라.

「자, 이제 이해하셨나요, 반장님? ……이런 것인 줄은 모르셨겠죠? 그래서 내가 반장님께 여기까지 오시라고 일부러 부탁드린 겁니다. 왜냐, 만일 살인범이 내가 입을 열었다는 걸 알게 되면…….」

「아까 갈레가 축구를 한다고 말씀하셨던가요?」

「완전히 축구광이죠! 아주 유쾌한 익살꾼이기도 하고요! 좀처럼 찾아보기 힘든 재미있는 친구예요. 배꼽 빠지는 이야기들로 저녁 내내 사람을 숨도 못 쉬게 만들 수 있는 그런 사람이지요.」

「그런데 왜 인도차이나를 떠났습니까?」

「그는 말하곤 했어요. 자기에겐 멋진 생각이 있다고, 또 시시하게 10만 프랑도 안 되는 연금으로 살려고 태어난 건 아니라고……. 그때는 제1차 세계 대전 전이었죠. 연금 10만 프랑이라……! 엄청나지 않아요? 우린 비웃었지만, 그는 교황처럼 진지했죠…….

그는 낄낄대며 이렇게 말하곤 했어요. 〈나중에 두고 보라고! 두고 보라니까!〉

그는 결국 그 연금 10만 프랑을 못 얻었겠죠, 그렇죠? ……나로 말할 것 같으면, 열병 때문에 아시아를 뜰 수밖에 없었어요. 지금까지도 가끔씩 증세가 나타나기도 한답니다……. 근데 뭣 좀 한잔 드시겠습니까? 내가 직접 차려 드리죠. 하녀는 오늘 오후 내내 도시 밖으로 나가 있으라고 시켰거든요.」

천만에! 매그레는 순진하게 눈을 찡긋찡긋하는 징수관을 더 이상 견뎌 낼 용기도, 그가 늘어놓는 말레이 복수객의 이야기를 들으며 뭔가를 마시고 있을 용기도 없었다.

그는 간신히 목청을 돋우어 사양하고는 미소를 지어

주었다. 예의상 짓는 아주 희미한 미소였다.

두 시간 후, 매그레는 이제는 단골이 되어 버린 트라시 상세르 기차역에서 내렸다. 그리고 라 루아르 호텔로 향하는 길을 걸어가며 혼자 중얼거렸다.

「오늘이 6월 25일 토요일이라고 가정해 보자……. 나는 에밀 갈레고…… 몹시 무더운 날씨지……. 간 때문에 몸이 아주 힘들고……. 게다가 호주머니에는 자코브 씨의 편지가 들어 있어. 월요일까지 현금 2만 프랑을 보내지 않으면 모든 사실을 폭로하겠다고 협박하고 있는…….

왕당파들로부터 한꺼번에 2만 프랑을 얻어 낸다는 건 불가능해. 그들에게서 뽑아 낼 수 있는 액수는 보통 2백 프랑에서 6백 프랑 사이를 왔다 갔다 하니까……. 1천 프랑이 넘는 일은 거의 없지!

라 루아르 호텔에서 나는 〈창문이 안뜰로 나 있는〉 객실을 달라고 하지.

왜 안뜰로 향한 방일까? ……살해당할까 봐 두려워서? ……그렇다면 누구에게?」

매그레는 고개를 숙이고 느릿느릿 걷고 있었다. 머릿속으로는 죽은 이의 처지와 상황 속으로 들어가 보려고 무진 애를 쓰는 중이었다.

「나는 자코브 씨가 실제로 누구인지 알고 있나……? 3년 전부터 그는 나를 협박해 왔고, 3년 동안 나는 그에게 돈을 주고 있어……. 난 클리냥쿠르 가 모퉁이에 있는 그 신문 장수에게 물어보았어. 또 그 젊은 금발 여자를 쫓아가 보았지만, 결국 입구가 양쪽으로 뚫린 아파트 건물 앞에서 보기 좋게 날 따돌려 버렸지.

내가 앙리를 의심하는 건 불가능해, 그가 누구와 사귀는지 모르고 있으니까……. 그리고 나는 앙리가 벌써 10만 프랑이나 모아 놓았으며, 남부 지방에 가서 살기 위해서는 50만 프랑이 필요하다는 사실도 모르고 있지……. 따라서 지금 내게 있어 자코브 씨는, 신문팔이 노인이라는 실루엣 뒤에 숨어 있는 끔찍한 미지의 존재일 뿐이야…….」

매그레는 갑자기 손을 한 번 휘둘렀다. 칠판에 쓴 문제를 헝겊으로 확 지워 버리는 교사를 자신도 모르게 흉내낸 동작이었다.

그는 지금까지 고려해 온 논거들을 다 잊어버리고, 수사를 원점에서부터 다시 시작하고 싶었던 것이다.

「그런데 〈에밀 갈레는 쾌활한 익살꾼〉이었어! 〈친구들을 모아다 축구팀을 만들 정도〉로…….」

그는 호텔 앞에 이르렀지만 그대로 지나쳐서, 생틸레르 사유지의 대문으로 가 초인종을 울렸다. 호텔 문턱에 서 있던 타르디봉은 매그레가 인사도 하지 않고 지나쳐 버리자 못마땅한 눈으로 뒷모습을 노려보았다.

반장은 도로변에 서서 한참을 기다려야 했다. 마침내 하인이 나와 문을 열어 주자, 매그레는 불쑥 물었다.

「당신, 이 집에서 언제부터 일했소?」

「1년 전부터요. 그런데…… 지금 생틸레르 씨 찾아오신 거 아닌가요?」

생틸레르는 1층의 한 창문에서 매그레에게 친밀한 손짓을 보내고 있었다.

「그래서요……? 또 그 열쇠 얘긴가요……? 그거 찾았잖아요! ……잠시 들어오시겠어요? 수사는 어떤가요……?」

「정원사는 당신 밑에서 언제부터 일했소?」

「3~4년 됐나……. 안 들어오시려우?」

성주 역시 매그레의 변한 모습에 깜짝 놀라고 있었다. 표정은 딱딱해졌고, 눈썹은 잔뜩 찌푸리고 있었으며, 지친 기색과 고약한 기운이 뒤섞인 시선에는 보는 이의 가슴을 불안하게 만드는 뭔가가 있었다.

「술 한 병 올리도록 할게요, 그리고…….」

「전에 일하던 정원사는 어떻게 됐소?」

「선술집을 하고 있어요. 여기서 1킬로미터 떨어진, 생티보 방면 도로변에……. 못된 늙은이죠. 우리 집에 있을 때 꼬불친 돈으로 자기 사업을 차린…….」

「고맙소.」

「벌써 가십니까?」

「다시 돌아오리다.」

그는 별 뜻도 없이 이렇게 대답하고는, 다시 생각에 골몰해 대문을 빠져나와서는 대로 쪽으로 멀어져 갔다.

「그에겐 당장에 2만 프랑이 필요했어……! 그런데 이 액수를 평소의 〈호구〉들, 즉 인근의 성주들에게서 구하려 하지 않았지……. 그가 찾아간 사람은 생틸레르뿐이었어……. 그것도 하루에 두 번씩이나! ……그러고는 담벼락에 기어올랐어!」

그는 갑자기 욕설을 터뜨렸다.

「빌어먹을, 빌어먹을! 그렇다면 왜 〈안뜰 쪽으로 난〉 객실을 요구했던 거냐고? ……그 안뜰 쪽 방을 얻었다면, 그 담벼락에 기어오를 수 없었을 것 아니냐고…….」

전(前) 정원사의 선술집은 루아르 강과 평행하게 뻗어 있는 운하의 한 수문 가까이에 서 있었고, 안에는 하천 수송선 사공들이 우글우글했다.

「한 가지 물어보러 왔소……. 경찰이오. 상세르에서 일어난 살인 사건에 관한 건데……. 당신이 옛날 일하던 주인집에서 에밀 갈레를 본 기억이 있소?」

「클레망 씨 말하는 거요……? 그 사람을 그렇게 불렀었지……. 물론 본 것 같소만!」

「자주요?」

「글쎄…… 한 6개월에 한 번씩이었나……. 그래도 한 번씩 왔다 가면 주인 기분이 보름은 엉망이 되곤 했어요.」

「처음으로 온 건 언제요?」

「적어도 10년은 될걸! ……어쩌면 15년일 수도! 어디, 한잔 드릴까?」

「고맙소……. 두 사람은 가끔씩 다퉜소?」

「가끔씩? 천만에! 만날 때마다 다퉜어요! 심지어 한번은 두 양반이 막일꾼들처럼 서로 멱살을 잡고 있는 걸 보기도 했다오…….」

〈하지만 생틸레르가 그를 죽인 건 아니란 말이야!〉 얼마 후, 매그레는 호텔 쪽으로 걸음을 옮기며 다시 속으로 중얼거렸다. 〈첫째, 그는 공증인의 집에 있었으니까 뫼르스에게 총을 두 번 쏠 수 없었어. 둘째, 살인 사건이 일어난 밤, 왜 구태여 철책 문 쪽으로 돌아서 나왔겠느냔 말이야?〉

그는 교회 근처에서 엘레오노르의 모습을 발견했다. 하지만 그녀와 눈이 마주치는 걸 피하기 위해 고개를 돌려 버렸다. 별로 얘기하고 싶은 기분이 아니었다. 특히 저 여자와는.

뒤에서 급하게 쫓아오는 발소리가 들렸다. 고개를 슬쩍 돌려 보니, 회색 드레스 차림에 반들반들한 머릿결의 그녀가 바로 뒤에 와 있었다.

「실례합니다, 반장님······.」

그는 몸을 홱 돌렸다. 그리고 그녀의 눈을 똑바로 쳐다보는데, 그 시선이 얼마나 사납던지 그녀는 한순간 숨이 멎는 기분이었다.

「무슨 일입니까?」

「제가 알고 싶은 것은 단지······.」

「난 아무것도 몰라! 아무것도 모른다고!」

그리고 그는 인사도 하지 않고, 뒷짐을 진 채 뚜벅뚜벅 멀어져 갔다.

「만일 안뜰 쪽으로 난 방이 비어 있었다면······. 그래도 갈레는 죽었을까?」

공놀이를 하던 꼬마 하나가 어쩌다 실수로 그의 가랑이 사이에 끼어들게 되었다. 하지만 그는 녀석을 쳐다보지도 않고, 그대로 번쩍 들어서는 1미터 떨어진 곳에 내려놓았다.

「······어쨌거나 그에겐 2만 프랑이 없었어. 월요일까지 마련할 수 없는 상황이었지······.

하지만 그는 담벼락에 올라갈 수 없었을 거야! 또 이 벽에서 누군가가 그에게 총을 쏘는 것도 불가능했을 거고.

따라서, 〈그는 죽지 않았겠지〉!」

지난주에 비해 기온이 한결 견딜 만해졌음에도, 그는 손수건으로 연방 이마를 훔쳐 대고 있었다. 이제 목표물이 거의 손끝에 닿을 듯 말 듯 느껴지지만, 아무리 애를 써도 손에 꽉 쥐어지지는 않는 이 상황이 너무도 감질나면서도 답답했던 것이다.

그동안 확보한 수사 자료는 그야말로 넘쳐 났다. 담벼락에 관련된 사실들, 사건 발생 8일 후에 뫼르스 쪽으로 가해진 두 번의 총격, 자코브와 관련된 사실들, 15년 전에 에밀 갈레가 생틸레르를 방문했던 일, 열쇠를 잃어버렸다가 기막히게도 정원사가 되찾은 일, 두 호텔 방에 관련된 문제, 총을 맞고 불과 몇 초 후 칼로써 살인이 완성된 점, 여기에 축구와 그 코미디 같은 결혼 이야기까지……

징수관의 정신없는 이야기 중에서 취할 게 있다면, 그것은 스포츠에 대한 갈레의 열정, 그에 관련된 웃기는 이야기들, 그리고 그 사랑의 무용담이었던 것이다.

「〈재미있는 친구였다〉……〈유명한 카사노바였다〉……」

「반장님, 저녁 식사는 테라스에서 하시렵니까?」 타르디봉이 물었다.

매그레는 자신도 모르는 새 호텔에 도착해 있었다.

「어디서든 상관없소.」

「자, 수사는 어떻게 되어 갑니까?」

「끝났다고 해둡시다.」

「엥? ……그럼 살인범은 누구죠?」

하지만 이 경찰관은 대답 없이 어깨만 으쓱하고는 지

나쳐 버렸다. 그러고는 부엌에서 흘러나온 냄새들로 가득한 복도들을 따라 걸은 뒤, 수사 자료들이 여전히 탁자와 벽난로와 바닥에 쌓여 있는 방에 들어갔다.

죽은 이의 형상을 이루고 있는 옷들도 건드리지 않은 채였다.

매그레는 몸을 굽혀 바닥에 꽂힌 단검을 뽑아내서는, 방 안을 여기저기 뚜벅뚜벅 거닐면서 만지작거렸다.

하늘은 균일한 회색 구름 한 층으로 온통 뒤덮여 있었고, 맞은편의 흰 벽은 이와 대조를 이루어 눈부시게 빛나기 시작하고 있었다.

반장은 창문에서 문으로, 이어 문에서 창문으로 왔다갔다 하면서, 이따금 벽난로 위의 인물 사진에 날카로운 시선을 던졌다.

그렇게 다시 창문 쪽으로 온 게 이번이 서른 번째였을 것이다. 그는 갑자기 창문 밖에 대고 또랑또랑하게 외쳤다.

「잠깐 이리 오시죠!」

담벼락 위의 잎사귀들이 파르르 흔들렸다. 매그레는 그 가운데 어정쩡하게 숨어 있는 생틸레르의 얼굴을 발견했던 것이다.

성주는 처음에는 움찔하더니, 짐짓 농담하듯, 하지만 당황한 기색이 역력한 음성으로 대꾸했다.

「어디, 담을 뛰어넘어야 할까요?」

「철책 문으로 돌아오시죠! 그게 더 쉬울 테니……」

열쇠는 탁자 위에 있었고, 매그레는 그것을 집어 들어 담벼락 너머로 휙 던져 주고는 또다시 방 안을 뚜벅뚜벅 걷기 시작했다. 열쇠가 성의 정원, 그곳의 폐기물 무더기 가운데 떨어지는 소리가 들렸다. 이어 술통이 움직이는 소리, 나뭇가지와 잎사귀들이 다시 흔들리는 소리가 들려왔다.

생틸레르의 손이 제법 떨리고 있는 모양이었다. 삐걱하며 돌쩌귀가 돌아가는 소리가 나기 전에, 열쇠가 구멍을 못 찾고 자물쇠에 부딪히는 소리가 한동안 이어졌기 때문이다. 그럼에도 창문에 모습을 드러낸 작은 성의 주인은 침착함을 회복한 모습이었고, 심지어는 짐짓 익살스러운 어조로 이렇게 말하기까지 했다.

「정말이지 스라소니처럼 예리한 반장님 눈은 피할 수가 없네요! 사실은 나도 이번 사건에 너무 관심이 많아서 말이죠……. 반장님이 들어가시는 걸 보고는 어떻게 하시나 한번 엿보자 하는 생각이 들었어요. 다음번에 우리가 만났을 때 내가 반장님만큼이나 많이 알고 있는 걸 보면 반장님이 신기하게 생각하실 것 같아서……. 자, 복도로 돌아 들어갈까요?」

「아니요! 그냥 창턱을 넘어 들어오시오.」

생틸레르는 가볍게 창문을 넘어오더니, 주위를 둘러보며 이렇게 말했다.

「아, 신기하네요! 반장님은 이런 분위기를 만들어 놓고 사건을 재구성해 보시는 모양이군요……. 이 옷들하며……. 반장님이 이런 식으로 연출해 놓으셨나요?」

매그레는 담뱃잎을 콩알만큼 한 번씩 집어넣을 때마다 엄지 끝으로 여남은 번은 꾹꾹 누르며, 과장될 정도로 느릿느릿 파이프를 채우고 있었다.

「혹시 성냥 있습니까?」

「라이터 있습니다. 난 성냥은 절대로 사용하지 않죠.」

반장의 시선은 벽난로 속 타버린 종이 옆에 놓인, 끝부분이 연소된 푸르스름한 나뭇조각 세 개를 하나하나 집어 드는 것 같았다.

「물론 그렇겠지!」 그는 이렇게 말하며 고개를 끄덕였지만, 무엇에 대해서 이렇게 말하는 것인지, 생틸레르로서는 전혀 짐작할 수 없었다.

「나한테 뭔가 물어보실 게 있나요?」

「아직은 모르겠소. 그냥 당신이 눈에 띄었고……. 난 아직은 말 그대로 헤매고 있는 중이기 때문에, 똑똑한 사람이 하나 옆에 있으면 뭔가 좋은 생각들을 얻을 수 있으리라고 생각한 겁니다.」

그는 탁자 한 귀퉁이에 엉덩이를 걸치고 앉아, 생틸레

르가 내미는 라이터 불에 파이프 머리를 댔다.

「어라! 그러고 보니 왼손잡이시구먼……」

「내가요……? 어……. 아닌데! 우연히 그런 겁니다. 왜 지금 내가 왼손으로 라이터 불을 붙여 드렸는지 나도 이해가 안 가네요.」

「미안하지만, 창문 좀 닫아 주시겠소?」

매그레는 그에게서 눈을 떼지 않았다. 그리하여, 창문 앞에 이른 생틸레르가 잠시 움직임을 멈추었다가, 이윽고 오른손을 사용해 누가 보기에도 어색한 동작으로 창문 자물쇠를 돌리는 모습을 분명히 확인했다.

10
협력자

「창문을 열어 주시오.」

「하지만 방금 전에는 닫으라고…….」

그리고 티뷔르스 드 생틸레르는 이내 미소를 머금었는데, 그런 표정으로 이렇게 말하고 싶은 듯했다. 〈네, 네! 시키는 대로 하죠……. 하지만 이해가 잘 안 되네요…….〉

매그레는 미소 짓지 않았다. 이때 그의 얼굴을 자세히 살펴봤다면, 거기에 어떤 불쾌함과 지겨움의 표정이 은은히 비치고 있다는 사실을 알 수 있었으리라.

그는 동작이나 어조에 있어 퉁명스럽기 이를 데 없었다. 급격하고도 단속적인 걸음걸이로 저벅저벅 방을 거닐다가는, 갑작스레 고개를 홱 쳐들었다가 다시 숙이기도 했고, 아무런 이유 없이 어떤 물건을 집어 들어 다른 곳으로 옮겨 놓기도 했다.

「좋소! 당신이 이 수사에 그렇게 관심이 많다 하니, 당신을 내 협력자로 여기리다. 따라서 이제부터는 점잖은 격식을 벗어던지고, 당신을 내 부하 중 하나처럼 취급하겠소……. 자, 이곳 사장을 부르시오!」

생틸레르는 고분고분한 태도로 문을 열고는 소리 질렀다.

「타르디봉! 어이, 타르디봉!」

호텔 주인이 나타났을 때, 매그레는 창문턱에 걸터앉아 마룻바닥을 뚫어지게 내려다보고 있었다.

「타르디봉 씨, 간단한 질문 하나 하겠소. 갈레는 왼손잡이였소? 한번 잘 기억해 보시오.」

「주의해 본 적이 한 번도 없어서……. 그게 말하자면……. 그런데 왼손잡이는 악수할 때 왼손으로 하나요?」

「물론이지!」

「그렇다면 그는 왼손잡이가 아닙니다. 그렇게 했으면 특이한 점이니만큼 내 눈에 띄었을 테니까요. 그런데 우리 고객들은 나와 악수할 때 보통…….」

「가서 여자 종업원들에게도 물어보시오. 그 점을 발견한 사람이 있을지도 모르니…….」

타르디봉이 나가 있는 동안, 생틸레르가 물었다.

「반장님께서는 이 문제를 매우 중요하게 여기시는 것 같습니다만……?」

하지만 반장은 그의 말은 들은 척도 하지 않고 복도로

나가 호텔 주인에게 소리쳤다.

「내려가시는 김에, 느베르 간접세 징수관인 파델랑 씨와 전화 좀 연결해 주시오! 그 사람에게 전화가 있을 거요……」

다시 돌아온 그는 여전히 생틸레르에게는 눈길도 주지 않고, 방바닥에 펼쳐진 옷가지 주위를 잠시 빙빙 돌았다.

「자, 이제 작업을 시작해 봅시다! 어디 보자……. 에밀 갈레는 왼손잡이가 아니라고 했소! 이 사실이 우리에게 도움이 될 수 있을지는 조금 있으면 알게 되겠지…….

아냐, 그것보다도…… 우선 이 칼을 한번 잡아 보시오. 범행에 사용되었던 칼이오……. 아니! 칼을 그냥 내게 주시오! 이번에도 또 왼손을 사용하고 있잖소…….

됐소! ……자, 이제 내가 누군가에게 공격을 받아서 방어를 해야 한다고 가정해 봅시다! 그리고 난 왼손잡이가 아니오 — 이 점을 분명히 기억해 두시라고! 나는 물론 오른손으로 칼자루를 잡고 있지.

자, 이리로 오시오……. 난 당신에게 달려들 거요. 당신은 나보다 힘이 더 세지. 당신은 내 손목을 잡을 거요. 자, 잡으라고! ……좋아요! 당신이 움직이지 못하게끔 꽉 잡은 손은 두말할 필요도 없이 내 오른손이겠지!

그걸로 됐소……. 이 사진을 보시오. 감식반이 찍은 시체의 사진이오. 그런데, 뭐가 보이시오? 에밀 갈레의 〈왼손〉 손목에 반상 출혈 흔적이 있는 게 보일 거요…….

　무슨 일이오, 타르디봉? ……벌써 느베르에 전화가 연결됐소? ……아니라고? ……여자 종업원들이 단언하기를, 에밀 갈레는 절대 왼손잡이가 아니었다고? 고맙소! 이젠 가보셔도 좋소…….

　자, 생틸레르 씨, 다시 우리끼리 얘기해 봅시다. 당신은 이 사실을 어떻게 설명하시겠소?

　갈레는 왼손잡이가 아니었는데, 그는 왼손으로 무기를 잡고 있었던 거요! 그리고 범행 현장 조사 역시 그는 오른손으로는 아무것도 잡지 않았다는 사실을 밝혀 주고 있소.

　내가 보기에, 이 수수께끼에 대한 해답은 단 하나요. 자, 보시오. 나는 이 칼을 내 심장에다 박고 싶소. 그럼 어떻게 해야 할까? 자, 내가 하는 것을 잘 보시오…….

　난 왼손으로 칼자루를 이런 식으로 잡소! 왜냐하면 이 손은 단지 칼의 방향을 똑바로 유지하는 데 사용될 뿐이니까……. 더 힘이 강한 것은 오른손이오. 그래서 오른손으로 왼손을 덮듯이 꾹 누르지. 자, 보시오! 이런 식으로……. 오른손으로 왼손 손목을 꽉 움켜쥐고……. 나는 이를 악물고 아주 세게 누르겠지. 몹시 흥분해 있는 데다, 살이 찢기는 고통을 이겨내야 하니까……. 그래서 내 몸에 반상 출혈까지 남기게 되는 거요.」

그는 칼을 아무렇게나 탁자 위에 휙 던졌다.

「물론 이런 식의 시나리오를 받아들이기 위해서는, 갈레가 자살했다는 사실 또한 받아들여야겠지……. 하지만 그가 아무리 팔이 길다 한들, 7미터나 떨어져 있는 자신의 얼굴에 권총을 쏠 수는 없는 노릇이잖소, 안 그렇소?

이럴 때 군대에서는 이렇게 말하지. 〈원위치로!〉 자, 우리 그럼 다른 걸 찾아봅시다…….」

생틸레르는 약간 긴장된 미소를 계속 입가에 머금고 있었다. 하지만 평소보다 좀 더 커져 있는 두 눈동자는 비정상적으로 불안스레 움직이며 매그레의 일거수일투족을 주시하고 있었다. 반장은 끊임없이 왔다 갔다 하면서, 분홍색 서류철을 집어 들어 펼쳐 보는 듯하다가 이내 닫아서는 녹색 서류철 아래 집어넣기도 하고, 또 느닷없이 죽은 이의 신발 한 짝의 위치를 바꿔 보기도 하는 등, 결국에는 아무런 결과에도 이르지 못하는 몸짓들을 계속하면서 서성거리고 있었다.

「자, 나와 같이 갑시다! 그래요, 창을 뛰어넘어서……. 자, 이제 우리는 이 쐐기풀 길에 들어왔소. 오늘이 토요일 저녁이라고 생각합시다. 어둠이 깔렸고, 축제 장터의 소음들이며 총 쏘는 소리도 들려오고 있지. 어쩌면 회전목마에서 나온 빛 그림자가 밤하늘에 어른대는 게 보일지도 모르고…….

에밀 갈레는 모닝코트를 벗어부치고 이 담벼락 꼭대기로 기어 올라갔소. 그 정도 연배의 사람이, 그것도 병들어 쇠약해진 몸으로 그렇게 하기란 결코 쉽지 않았을 거요.

자, 날 따라오시오!」

그는 생틸레르를 철책 문까지 데려갔고, 문을 열고 안으로 들어가서는 다시 문을 닫았다.

「열쇠를 좀 줘보시오! ……자, 봅시다! 이 철책 문은 잠겨 있었고, 열쇠는 항상 그랬듯이 여기 보이는 두 돌덩이 사이에 난 구멍 속에 있었소. 이건 바로 당신의 정원사에게서 들은 말이지…….

그리고 우리는 이제 당신 집에 들어왔소……. 지금 사방이 어둡다는 걸 잊지 맙시다……. 그런데 여기서 이걸 알아주셨으면 좋겠소. 지금 우리는 어떤 단서들의 의미를 찾고 있을 뿐이오. 좀 더 정확히 말하자면 모순적인 단서들을 서로 일치시켜 보려고 노력하고 있을 뿐이지…….

자, 이쪽으로 오시오! ……이 정원 안에, 에밀 갈레가 보여 준 일련의 모습들과 행위들로 인해 불안해하고 있는 어떤 인물이 있다고 상상해 봅시다……. 그런 사람이 분명히 몇 명 있을 거거든……. 갈레는 사기꾼이오……. 그가 무슨 짓을 하고 다녔는지는 아무도 모를 일이지!

자, 그래서 벽의 이쪽에 한 사람이 있는 거요. 그날 저녁 갈레가 뭔가 불안해한다는 걸 느꼈고, 어쩌면 절망적인 상황에 처해 있다는 사실까지 알고 있었을지도 모를 어떤 사람이…….

 이 사람은 — 수학에서처럼 〈X〉라고 불러 봅시다 — 벽 부근에서 왔다 갔다 하고 있는데, 일명 〈클레망 씨〉라고도 하는 에밀 갈레가 웃옷까지 벗어부친 차림으로 갑자기 저쪽 담벼락 꼭대기로 쑥 올라오는 모습을 보게 되었소.

 그런데 저택에서 보면 담벼락의 이쪽 부분이 보이나요?」

「아뇨! ……그런데 내가 이해가 안 되는 게, 지금 무슨…….」

「……무슨 말을 하고 싶은 거냐고? 아무것도 없소! 단지 수사를 진행하고 있을 뿐이지. 필요하다면 수백 번이라도 가설을 바꿔 가면서……. 자, 벌써 또 가설을 바꿔야겠군! 우리의 X는 거닐고 있지 않았소. 그는 빈 술통들을 보았고, 담벼락 저쪽에서 무슨 일이 일어나는지 보기 위해 담 위에 올라가는 대신, 술통 하나를 끌어다가 그 위로 올라간 거요.

 바로 이때 에밀 갈레의 실루엣이 밤하늘을 배경으로 나타난 거지…….

 두 사람은 대화를 하지 않았소. 왜냐, 서로 말할 게 있었다면 좀 더 가까이 다가갔을 거거든. 10미터 거리에서 서로의 말을 알아들으려면 큰 소리로 밀해야 하지. 그런데 하나는 술통 위에 서 있고, 다른 하나는 담벼락 위에 아슬아슬하게 서 있는 웃기는 상황에 처한 두 남자가, 과연 사람들의 이목을 끌고 싶었을까?

더구나 X는 어둠 속에 잠겨 있었소. 에밀 갈레는 그를 보지 못하고, 횃대에서 내려와 방으로 돌아갔소. 그리고…….

여기서 문제가 어려워진단 말씀이야……. X가 총을 쐈다고 가정하지 않는다면 말이오…….」

「무슨…… 뜻이죠?」

술통 위에 올라가 있던 매그레는 육중한 몸으로 다시 땅에 내려섰다.

「불 좀 주시오! ……고맙소! ……또 왼손을 쓰시는구먼! 자, 이제는 누가 쐈는지에 대해선 더 이상 신경 쓰지 말고, 우리의 X가 지나갔을 길을 따라가 보기로 합시다. 자, 갑시다. 그는 제자리에 있는 열쇠를 꺼내…… 이렇게 철책 문을 열죠. 하지만, 그렇게 하기 전에 우선 어디론가 가서 고무장갑을 찾아왔을 거요. 당신 찬모에게 가서 물어봐 주셔야 할 거요. 야채 껍질 벗길 때 고무장갑을 끼는 일이 있는지, 그리고 그게 사라진 적이 있었는지……. 그런데, 그 여자 애교는 좀 있으신가?」

「그게 이 일과 무슨 관련이 있는지, 난 도무지…….」

멀리서 천둥이 우르릉거리는 소리가 들렸다. 하지만

비는 한 방울도 떨어지지 않았다.

「자, 그냥 지나갑시다! 철책 문은 이제 열렸소. X는 창가로 다가가 시체를 보게 되지……. 그때 에밀 갈레는 죽어 있었으니까! 충격이 있고 나서 〈곧바로〉 칼침이 뒤따랐소. 이건 의사들이 단언하고, 혈흔에 의해서도 증명되는 바지……. 그런데 우리가 조금 전에 확인한 것은, 칼침은 희생자 자신에 의해 놓였을 가능성이 아주 크다는 사실이었소…….

벽난로 안에는 종이 탄 재가 아직도 뜨거운 상태로 남아 있었고……. 또 거기서 갈레의 성냥개비들도 발견되었소…….

하지만 우리의 X는 가방을 뒤졌지. 아마 지갑도 뒤진 다음, 티 나지 않게끔 조심스럽게 호주머니에 다시 집어넣었을 거고……. 그런 다음 돌아갔지만, 철책 문을 다시 잠그고 열쇠를 제자리에 놓는 것은 깜빡했어…….」

「하지만 열쇠는 풀숲에서 발견됐는데…….」

잠시 생틸레르에게 눈길을 주지 않았던 매그레가 고개를 돌려 보니, 그의 얼굴이 해쓱하게 일그러져 있었다.

「자, 갑시다! ……이게 전부가 아니오! 난 이렇게 복잡하면서도 동시에 간단한 이야기는 아직껏 본 적이 없는 것 같소. 우리는 클레망이라는 이름으로 행세했던 사람이 사기꾼이었다는 사실을 알고 있소. 그런데, 지금 우리가 알게 되었거니와, 그는 자신의 사기 행위에 관련된 모든 흔적들을 없애 버린 거요. 마치 그가 어떤 중대한, 혹은 치명적인 사건을 예상하기라도 했듯이……

자, 이쪽이오! 여기가 호텔의 안뜰이고, 왼쪽이 에밀 갈레가 오후부터 달라고 요구했지만, 비어 있지 않아 내 줄 수 없었던 객실이고.

그런데, 그 오후의 상황도 저녁때나 다를 바가 없었소. 즉 무슨 일이 있더라도 월요일 오전까지 2만 프랑을 마련하지 않으면, 그를 협박하는 사람들이 그를 경찰에 넘겨 버리는 상황이었지.

그가 이 방을 얻었다고 가정해 봅시다……. 그렇다면 쐐기풀 길을 건너 담벼락 위로 올라갈 수 없게 되지!

따라서 그는 반드시 그 벽에 가야 할 필요는 없었다는 얘기요! 아니면 이렇게도 말할 수 있겠지. 즉 〈다른 것으로 대체될 수 있었다〉는 거요. 〈안뜰이 제공하는 다른 것〉으로.

이 안뜰에서 무엇이 보이시오? 우물이 하나 보이지! 그가 저 안에 빠져 죽을 마음이 있었다고 말하실지 모르겠소. 하지만 이에 대해서는, 난 이렇게 대답하겠소. 그는 방에서 나와 복도를 지나서 강물에 몸을 던질 수도 있는 일이었다고……

아니오! 그에겐 〈우물과 방의 조합〉이 필요했던 거요.

무슨 일이오, 타르디봉 씨?」

「느베르에 전화 연결 되었습니다.」

「징수관이오?」

「맞습니다.」

「자, 따라오시오, 생틸레르 씨. 날 도와주신다고 하셨으니, 수사의 모든 과정을 보셔야 하오. 자, 그 보조 수화기를 귀에 대시오! ······여보세요? ······네, 여기는 매그레 반장이오! ······아, 걱정 마시오! 전부터 궁금했던 것을 하나만 물어볼 거니까. 당신 친구 갈레는 왼손잡이였소? ······뭐라고요? 손과 발, 모두 왼쪽만 썼다고? ······축구할 때는 포지션이 왼쪽이었다고? ······아, 분명한 거죠? ······아뇨, 그게 전부요. 고맙소······. 잠깐, 하나만 더! 그는 라틴어를 했소? ······아니, 왜 웃소? ······되게 멍청한 사람이었다? ······아니, 그 정도였다고? ······그것 참 희한하군! ······세상에! 아니, 당신 그 죽은 사람 사진 보았소? ······못 봤다고? ······물론 사이공 시절 이후 많이 변했지. ······내가 가지고 있는 유일한 사진은 그가 군대 있을 때 찍은 거요. 하지만 언젠가 그 사람과 상당히 닮은 어떤 사람을 소개해 드리리다······. 고마워요! ······네!」

매그레는 수화기를 내려놓고 허허롭기 그지없는 웃음을 터뜨렸다. 그러더니 한숨을 후 내쉬고는,

「보셨지? 우리가 얼마나 엉뚱한 걸 붙잡고 흥분해 난

리를 칠 수 있는지를! 지금까지의 모든 이야기는 오직 하나의 조건, 즉 우리의 에밀 갈레가 왼손잡이가 아니라는 조건하에서만 성립하는 것이었소. 그가 왼손잡이라면, 괴한과 맞서 싸우기 위해 칼을 사용했을 수도 있었다는 얘기니까……. 자, 이게 바로 호텔 주인이나 여급들의 말을 신뢰해서 얻게 되는 결과라오……」

이 말을 들은 타르디봉은 얼굴이 샐쭉해졌다.

「저녁 식사 준비됐습니다……」

「조금 있다 하겠소. 얘기를 마저 끝내는 게 좋겠지. 특히 생틸레르 씨의 인내심을 남용하고 싶지는 않으니까……. 자, 이제 이른바 범행이 일어난 방으로 돌아가 봅시다. 괜찮겠죠?」

방에 들어서자, 매그레는 불쑥 이야기를 시작했다.

「당신은 생전의 에밀 갈레를 본 분이오……. 그러니 이제 내가 얘기하는 걸 듣고 웃으실지도 모르겠소……. 아, 그래요, 불을 켜도 괜찮소! 이렇게 하늘이 구름으로 덮여 있으니 평상시보다 한 시간은 빨리 어두워지는군…….

그렇소, 난 그를 보지 못했소. 그래서 사건이 일어나고 나서, 살아 있을 때의 그의 모습을 상상해 보려고 애쓰면서 시간을 보냈지……. 이를 위해, 난 그가 호흡하던 분위기를 호흡해 보기도 했고, 그가 가깝게 지내던 사람들을 접촉해 보기도 했소…….

자, 이 사진을 한번 보시오……. 어떤 느낌이 드오? 분명히 나처럼 말하시겠지.

〈어떤 불쌍한 친구로군……!〉

특히나 의사가 그가 앞으로 살날이 3년밖에 남지 않았다고 말했다는 사실을 안다면 더욱 불쌍하게 느껴지겠지! 엉망이 되어 버린 간…… 그리고 언제든 구실만 생기면 영원히 멈춰 버릴 준비를 하고 있는 심장…….

나는 이 양반의 삶을 공간 속에서뿐만 아니라 시간 속에서도 따라가 보고 싶었소……. 하지만, 아아!, 그건 그가 결혼했던 시점까지만 가능했지……. 그보다 앞선 일들에 대해서는, 그는 항상 고백에 인색한 모습을 보여 줬으니까……. 심지어는 자신의 아내에게조차 말이오.

갈레 부인이 아는 것이라곤, 그가 낭트에서 태어났으며, 여러 해 동안 인도차이나에서 살았다는 사실뿐이었소. 하지만 그는 거기서 사진 한 장, 기념품 하나 가져오지 않았지! 그곳 얘기는 입에 담은 적이 없었소!

그는 3만 프랑 정도를 소유한 보잘것없는 세일즈맨이었소. 그는 나이 서른에 벌써 움츠리고, 서투르고, 우울한 모습을 하고 있었지……. 그는 오로르 프레장을 만나 그녀와 결혼하겠다고 마음먹었소. 프레장 집안 사람들은 거만한 이들이었지. 사실 그녀의 아버지는 절망적인 상황에 처해 있었소. 자신의 신문을 소생시키는 데 필요한 돈을 구하지 못하고 있는……. 하지만 그래 봬도 그는 한때 프랑스 왕위를 노렸던 이의 개인 비서였었지! 여전히 대공들이며 공작들과 친분이 있었고! 그 막내딸은 어느 피혁 장인(匠人)과 결혼했고…….

그런 집안에서 우리의 갈레는 정말 별 볼일 없는 존재였지. 그리고 그가 받아들여졌다면, 그건 아마도 그의 얼마 안 되는 자본을 『태양』의 사업에 투자하는 데 동의했기 때문일 것이오.

사람들은 그를 아주 못마땅하게 생각했어. 서민들 선물용으로 쓰이는 은도금 제품 나부랭이나 팔고 다니는 사위. 프레장 집안 사람들에게 그건 집안의 위신을 형편없이 망가뜨리는 일이었지!

사람들은 그로 하여금 보다 큰 야심을 갖게 해보려고 시도했소……. 그는 말을 잘 듣지 않았지. 자신이 뭐든 굉장한 일을 해낼 만한 사람은 아니라는 사실을 잘 알고 있었으니까……. 이 당시 벌써 그의 간은 시원치 않았소……. 그는 전원에서의 평화로운 삶을 꿈꿨소. 그가 깊은 애정을 느끼는 아내와 함께하는…….

하지만 그녀 역시 바가지를 긁어 댔지! 아마도 자매들이 그녀를 푸대접하고, 결혼을 비난하지 않았을까……?

프레장은 죽었소……. 『태양』이 진 거지……. 에밀 갈레는 여전히 노르망디 지방의 농부들에게 그 창피스런 선물용 잡동사니들을 팔고 다녔소.

일이 끝나면 그는 낚시를 하거나, 정교한 도구들을 만들거나, 자명종, 손목시계 따위를 분해하거나 하면서 마음을 달랬지…….

그의 아들은 그에게서 외모와 간 질환을 물려받았지만, 야심만큼은 프레장 사람이었지.

결국 어느 날, 에밀 갈레는 뭔가를 해보기로 결심하게 된 거요. 그는 『태양』에 관련된 자료들을 가지고 있었소. 그는 여기서 흥미로운 사실을 하나 발견하게 되지. 즉 왕당파적인 명분을 내세우기만 하면 많든 적든 돈을 내놓을 사람들이 꽤 있다는 사실을…….

그는 시도해 봤소. 물론 이 사실을 아무에게도 말하지 않았지……. 아마 처음에는 세일즈맨 일과, 아직까지는 조심스럽게 벌였을 사기 짓을 병행했을 거요.

그런데 돈이 더 많이 들어오는 쪽은 사기 짓이었지……. 얼마 되지 않아 그는 생파르조의 택지 개발지에 땅 한 뙈기를 사서, 거기에 단독 주택 한 채를 지을 수 있게 되었소.

그의 정리 정돈과 시간 준수의 자질들은 이 새로운 직업에서도 십분 발휘되었지……. 그는 집안사람들을 끔찍이도 무서워했기 때문에, 그들에겐 여전히 닐 사의 노르망디 지역 대리인이라고 속였고…….

　큰돈은 벌지 못했소. 왕당파 사람들이 수백만 명 있는 것은 아니니까. 또 어떤 사람들은 지갑 끈이 상당히 질기고……. 어쨌거나 가족을 비롯한 주위 사람들이 그가 야심이 없다고 비난하지만 않는다면, 이 조그마한 안락함이나마 만족하며 살아갔을 거요.

　결점이 많은 여자였지만, 그는 아내를 사랑했소. 어쩌면 그 아들놈까지도 사랑했겠지…….

　세월은 흘러갔소……. 간 질환은 악화되어 갔고……. 갈레는 몇 번의 발작을 겪으면서 자기가 일찍 죽으리라는 걸 예감하게 되었지.

　그래서 그는 생명 보험을 든 거요. 자기가 죽고 난 후에도 가족들이 지금 같은 생활을 하기에 충분한 큰 보장 액수로……. 이를 위해 그는 몸을 돌보지 않았지……. 그는 시골의 조그만 성관(城館)들 방문 횟수를 늘렸소. 구체제를 그리워하는 노부인들과 노신사들을 물고 늘어지기 위함이었지.

　자, 내 얘기 잘 따라오고 계시죠?

　3년 전, 자코브 씨라는 인물이 그에게 편지를 보냈소. 이 자코브 씨는 그가 하는 일의 성격을 잘 알고 있었고, 이에 대한 침묵의 대가로 그에게 돈을 요구했소. 그것도 두 달에 한 번씩, 계속 요구했지…….

이런 요구 앞에서 갈레가 어떻게 할 수 있었겠소? 그렇잖아도 프레장 집안의 수치였던 그가, 1년에 신년 카드 한 장 달랑 보내고 마는 꾀죄죄한 친척이었던 그가, 출세한 동서들이 마주치려고도 하지 않는 그가 말이오!

6월 25일 토요일, 그는 여기에 있었소. 호주머니에는 다음 월요일까지 2만 프랑을 요구하는 자코브 씨의 편지가 들어 있었고…….

나는 조금 전 역에서 호텔까지 걸어오면서 그의 처지 속으로 들어가려고 노력해 봤소…….

왕당파들의 문을 두드려 하루 동안에 2만 프랑이나 되는 돈을 거둬들일 수 없다는 것은 명백한 사실이었지……. 아무리 교묘한 핑곗거리들을 만들어 낸다 하더라도 말이오.

어쨌거나 그는 그런 시도 따위는 하지 않았소! 그는 곧바로 당신을 찾아갔지! 그것도 두 번이나! 당신과 두 번째 만난 뒤, 그는 안뜰 쪽으로 난 객실을 요구했소.

그는 그 2만 프랑이나 되는 돈을 당신에게서 빼낼 수 있다는 희망을 품었던 걸까? ……어쨌든 그날 저녁, 그 희망은 깨끗이 사라져 버렸지.

자, 그렇다면 그는 그가 얻지 못한 방에서 무얼 하려고 했던 걸까요? 그걸 안다면 왜 그가 담벼락에 올라갔는지도 알 수 있는 거지……!」

생틸레르의 입술은 파르르 떨리고 있었지만, 매그레는 쳐다보지도 않았다.

「기똥차네요……. 하지만…… 특히 나와 관련된 부분에 대해서는…… 난 도무지…….」

「당신 부친이 작고하셨을 때, 당신은 몇 살이었소?」

「열두 살이었습니다.」

「모친께서는 생존해 계시오?」

「내가 태어나고 얼마 되지 않아 돌아가셨어요. 하지만 이해가 안 되는 게, 이게 나와…….」

「친척들이 당신을 기른 거요?」

「친척은 한 명도 없어요. 난 생틸레르 가문의 마지막 후손이죠. 부친께서 돌아가셨을 때 간신히 몇 푼 남아 있어서 그걸로 부르주 기숙 학교에서 기숙사비를 내고 열아홉 살까지 공부할 수 있었죠……. 만일 모두가 그 존재를 잊고 있었던 한 사촌이 남긴 뜻하지 않은 유산이 아니었다면…….」

「……그는 인도차이나에 살았죠, 아마?」

「네, 거기요……. 사실은 육촌 간이고, 우리와는 이름도 같지 않아요. 뒤랑티 드 라 로슈 집안이죠.」

「당신은 그 유산을 몇 살 때 받았죠?」

「스물여덟 살에요…….」

「그럼 열아홉 살에서 스물여덟 살 사이에는…….」

「완전히 거지로 살았죠! 그렇다고 해서 부끄러울 건 전혀 없어요! ······그런데 반장님, 시간이 좀 늦었네요. 우리 여기서 이만······.」

「잠깐······. 난 우물 하나와 객실 하나로 무얼 할 수 있는지 아직 당신에게 보여 주지 않았소. 혹시 권총 가지고 계시오? ······뭐, 상관없소. 내가 하나 있으니까······. 어딘가에 끈이 있을 텐데······. 됐어! ······자, 내가 하는 걸 잘 보시오. 난 이 끈을 권총 자루에 묶소. 이 끈 길이가 6~7미터 정도 된다고 가정합시다. 뭐 더 길어도 상관없고······.

자, 길에 가서 묵직한 돌멩이 좀 하나 주워 주시오.」

이번에도 생틸레르는 그의 말이 떨어지기가 무섭게 부리나케 달려가 돌덩이를 하나 가져왔다.

「또 왼손!」 매그레가 지적했다. 「뭐, 그냥 지나갑시다······. 그래서, 이 노끈의 반대쪽 끝에 이 돌멩이를 단단히 묶는 거요······. 여기서도 시범을 보일 수가 있지. 이 창문틀을 우물 둘레의 돌벽이라 가정하고는······.

난 이 돌덩이를 저쪽에다 늘어뜨려 놓소. 다시 말해 우물 안쪽으로 늘어뜨려 놓는 거지. 내 손에는 권총이 들려 있고, 그걸로 아무나 쏠 수 있지. 예를 들면 나 자신을 쏠 수도 있고······.

그런 다음에 난 권총을 놓는 거지······.

자, 그럼 무슨 일이 일어나겠소? 우물 벽에 실려 있던 돌덩이는 우물 바닥으로 떨어져 내리지. 노끈과 그 반대편 끝에 묶여 있는 권총도 함께 우물 속으로 끌려 들어가고.

경찰이 도착해서는 시체 한 구를 찾소. 하지만 무기는 흔적도 없이 사라졌지……. 자, 그렇다면 경찰은 어떤 결론을 내리겠소?」

「살인 사건이죠!」

「맞았어!」

그리고 매그레는 생틸레르에게 라이터를 부탁하지도 않고, 자기 호주머니에서 성냥을 꺼내 파이프에 불을 붙였다.

이제 그는 기나긴 작업을 비로소 마치게 되어 안도한 사람의 표정으로 주섬주섬 갈레의 옷가지를 주우면서, 너무도 자연스러운 어조로 이렇게 툭 던지는 거였다.

「자, 이젠 가서 권총을 주워 오시지.」

「하지만……. 권총을 놓지 않으셨잖습니까……. 손에 들고 계시잖……」

「에밀 갈레를 죽인 권총을 찾아오란 말이오……. 어서!」

그리고 그는 바지와 조끼를 벽에 달린 옷걸이에 걸었다. 팔꿈치가 번들번들하게 닳은 모닝코트는 이미 그 옆에 걸려 있었다.

11
어떤 거래

　매그레가 등을 돌리고 있었으므로, 생틸레르는 더 이상 표정을 꾸미지 않았다. 격심한 불안과 증오, 그럼에도 모종의 자신감까지 뒤섞여 있는 기묘한 얼굴이었다.

「자, 뭘 기다리시오?」

　그는 마침내 결심을 한 듯 밖으로 나갔다. 창문을 넘어서였다. 그렇게 쐐기풀 길을 걸어 철책 문으로 가서는 정원 안으로 사라졌다. 그런데 이 모든 동작이 너무도 느려서 약간 걱정이 된 매그레는, 귀를 기울였다.

　지금은 테라스에서 발산되는 후광으로 강변로 쪽이 희뿌예지고, 달그락거리는 나이프며 포크 소리와 더불어 투숙객들이 두런두런 이야기하는 소리가 어렴풋이 들려오는 시간이었다.

　갑자기 담벼락 저쪽에서 나뭇가지들이 쏴르르 흔들리는 소리가 들렸다. 하지만 어둠이 너무도 짙어 매그레는 담벼락 꼭대기에 선 생틸레르의 모습을 겨우 분간해 낼 수 있었다.

다시 나뭇가지가 부러지는 소리가 들렸다. 나지막하게 부르는 소리가 뒤를 이었다.

「와서 받으실래요?」

반장은 그냥 어깨만 으쓱하고는 움직이지 않았다. 결국 생틸레르는 갔던 길을 다시 돌아오지 않으면 안 되었다.

방에 들어선 그는 우선 무기 하나를 탁자 위에 내려놓았다. 차분한 기색이었고, 상체는 쭉 펴고 있었다. 이어 그는 매그레의 팔을 툭 쳤다. 거침없어 보일 정도로 자연스럽지만, 뭔가 어색한 구석이 미세하게 느껴지는 동작이었다.

「자, 이십만 프랑이면 어떻겠습니까……?」

하지만 그는 헛기침을 하지 않으면 안 되었다. 그로서는 자신감 넘치는 대귀족의 풍모를 보여 주고 싶었을 것이다. 그럼에도 얼굴이 화끈 달아오르는 것은 목구멍이 꽉 메어 기침조차 제대로 나오지 않은 까닭이었다.

「으흠! ……그럼 삼십…….」

아아! 매그레는 말없이 그를 돌아보았다. 감정도, 분노도 섞여 있지 않은 시선이었다. 그저 두툼한 눈꺼풀 사이에 엷은 조소의 빛이 실낱만큼 어려 있는 시선이었다.

하지만 그 눈빛만으로도 생틸레르는 휘청거리며 뒷걸음을 치면서, 뭔가 붙잡아 몸을 지탱할 거라도 없는지 살피는 것처럼 허둥지둥 주위를 둘러보았다.

순식간에 인 변화였다. 그는 간신히 비열하기 그지없는 미소를 지을 수 있었는데, 그래도 얼굴이 시뻘게지고, 눈동자가 불안으로 떨리는 것은 어쩔 수 없었다.

그는 대귀족 역할을 연기하는 데 실패한 것이다. 그리고 이제는 보다 뻔뻔스럽고, 보다 비속한 역을 시도하고 있었다.

「뭐, 싫으면 할 수 없지! ……하긴 내가 좀 순진했어. 당신이 날 어떻게 할 수도 없는 거 아냐? ……시효라는 게 있잖아!」

하지만 이 말 역시 뭔가 가짜처럼 울리고 있었다. 그리고 그와는 대조적으로, 매그레가 이토록 차분하면서도 자신감 넘치는 거인의 모습으로 누군가의 눈에 비친 적은 아마도 없었으리라.

그는 거대했다. 전등 아래를 지나갈 때면 머리가 스치고, 그의 두 어깨만으로도 창문의 네모 틀이 꽉 차버릴 정도였다. 풍성한 소매가 액자 틀에 닿을 정도로 고화(古畵)를 꽉 채우고 있는 중세 귀족들처럼 말이다.

그는 느릿느릿한 동작으로 방을 계속 정리하고 있었다.
「내가 죽이지 않았다는 걸 길 아실 테니까, 안 그래

요?」 생틸레르는 혼자 열을 내고 있었다.

그러더니 그는 호주머니에서 손수건을 꺼내 요란하게 코를 풀었다.

「앉으시오!」 매그레가 말했다.

「아니, 서 있는 편이 좋아요.」

「앉아!」

반장이 그쪽으로 몸을 홱 돌리는 순간, 그는 겁에 질린 아이처럼 순종했다.

그는 반장의 시선을 감히 마주 보지 못했고, 얼굴은 해쓱하게 일그러져 있었다. 자신이 맡은 역할을 제대로 연기할 능력이 없음을 느끼고 있는 사람, 물결을 거슬러 올라가 보려고 허우적거리며 안간힘을 쓰고 있는 사람의 모습이었다.

「자, 내 생각으로는.」 매그레는 나지막하면서도 거친 목소리로 말했다. 「구태여 느베르의 간접세 징수관을 불러서 그의 옛 친구 에밀 갈레를 확인시켜야 할 필요는 없을 것 같소만……?

아! 난 그의 증언 없이도 진실에 도달했을 거요……. 단지 시간이 좀 더 걸렸겠지…….

왜냐, 이 이야기 가운데 뭔가가 삐걱거린다고 너무도 오래전부터 느끼고 있었거든……. 자, 내가 하는 말이 이해가 잘 안 되더라도 그냥 들으시오! ……물질적인 단서들을 모아 놓았을 때 사실들이 단순해지기는커녕 오히려 흐릿해진다면, 그것은 그 단서들이 조작되었다는 뜻이지…….

그리고 이 사건에서는 모든 게, 예외 없이, 조작되어 있었어……. 모든 게 삐걱거렸소. 총격과 칼침…… 안뜰에 난 방과 담벼락…… 왼쪽 손목의 반상 출혈, 그리고 잃어버린 열쇠…….

심지어는 범인일 가능성이 있는 세 사람까지!

특히 갈레 자신이 그랬지! 그는 살아 있을 때나 죽어 있을 때나 가짜 냄새가 너무 짙게 풍겼어!

설령 징수관이 말하지 않았다 해도, 난 그 죽은 이의 과거를 더 거슬러 올라가 보리라 작정하고 있었소. 그렇게 그의 고등학교 시절까지 올라가 봤다면 진실을 발견할 수 있었겠지……. 그런데, 당신은 낭트의 고등학교에서 그렇게 오랫동안 갇혀 있지는 않았을 텐데…….」

「2년 보냈어요! 그리고 퇴학당했죠!」

「그랬겠지! 그때부터 공이나 차고 돌아다녔을 테니까! 또 여자애들 꽁무니도 쫓아다녔을 거고! ……자, 여기서도 삐걱거리는 게 느껴지지 않소? ……이 사진을 한번 보시오! 자, 잘 보라고! ……당신이 여자 친구들을 만나기 위해 학교 담벼락을 뛰어넘고 있을 나이에, 이 불쌍한 친구는 벌써부터 간 때문에 조심조심 살아가는 신세였지!

필요한 증거들을 다 모으려면 시간이 꽤 걸렸을 거요. 하지만 난 핵심적인 것은 알고 있었지……. 즉 당장에 2만 프랑이 필요했던 이 양반이 상세르에 온 목적은 오직 하나, 그 돈을 당신에게 요구하기 위해서라는 사실을 말이오.

그리고 당신은 〈두 번〉이나 그를 맞이했소! ……그리고 그날 저녁, 당신은 담벼락 위에서 그를 관찰했지! 그가 자살할지도 모른다고 생각했어, 안 그렇소? ……어쩌면 그가 직접 당신에게 예고했을지도 모르고.」

「안 그랬어요! ……하지만 매우 불안해 보이는 건 사실이었죠. 그날 오후 같이 얘기하는데 어조가 몹시 급격해서 좀 놀랐죠…….」

「당신은 그가 요구하는 2만 프랑을 거절했소?」

「어쩔 수 없었어요, 한번 주면 계속 요구할 게 뻔하니까……. 결국에 난 빈털터리가 될 것이고…….」

「그가 상속을 받는다는 사실을 알게 된 것은 당신이 일하던 사이공의 공증인 사무소에서였소?」

「그래요! 어떤 이상한 고객 하나가 우리 사장을 찾아온 거죠. 20년 넘게 숲 속에 살면서 3년에 한 번 정도만 백인 얼굴을 보고 사는 괴팍한 늙은이였어요……. 잦은 열병과 아편 남용으로 팍 삭은 몰골이었죠……. 그들이 얘기할 때 나도 같이 있었고요…….

그가 말한 걸 그대로 옮기면 이래요. 〈난 얼마 안 있으면 뒈질 거요! 그런데 난 아직 어딘가에 우리 집안사람이 남아 있는지 아닌지조차 모르고 있단 말씀이야! 어쩌면 생틸레르 가(家) 후손이 한 사람 있기는 하겠지만…… 그것도 의심스러운 게, 내가 프랑스를 떠나올 때 마지막 생틸레르의 건강 상태가 너무도 형편없었으니 곧바로 죽어 버리지 않았나 싶소……. 만일 그에게 후손이 남아 있고, 당신이 그 후손을 찾아낼 수 있다면 그 애는 내 포괄 상속자가 될 터인데…….〉」

「그런데 마침 당신은 한 방에 부자가 되겠다는 꿈을 꾸고 있던 차였고!」 매그레가 상념에 잠기며 말했다.

그리고 그의 눈에는, 그의 앞에서 바늘방석에 앉아 있는 듯 땀을 뻘뻘 흘리고 있는 이 50대 사내 너머로, 한 원주민 처녀를 차지하기 위해 기괴한 의식을 벌였다는 뻔뻔스런 장난꾼의 모습이 보이는 듯했다.

「계속해 보시오!」

「난 그러잖아도 여자들 문제로 프랑스에 돌아와야 할 형편이었죠. 내가 거기서 좀 지나치게 놀기는 했거든요……. 그래서 나를 잡아먹으려고 하는 남편들, 형제들, 아비들이 꽤 있었죠…….

나는 생틸레르 가 후손을 찾아보려고 했는데, 그게 쉽지가 않았어요……. 그러다 결국에는 부르주 기숙 학교에서 티뷔르스의 자취를 발견하게 되었죠……. 그곳 사람들은 그가 졸업 후 어떻게 됐는지 모른다고 하더군요. 어쨌든 난 그가 학교에서는 친구 하나 없었던, 어둡고 내성적인 청년이라는 사실을 알게 되었죠.」

「당연한 일이지!」 매그레가 낄낄거렸다. 「주머니에 땡전 한 푼 없었으니까! 졸업할 때까지의 기숙사비를 선불해 놓은 게 전부였어.」

「그때의 내 생각은 적당한 방법으로 ─ 그 방법이 뭔지는 정확히 몰랐지만 ─ 유산을 나누는 거였어요……. 하지만 곧 깨닫게 되었죠. 그걸 나누는 건 혼자 다 갖는 것보다 훨씬 어렵다는 사실을……. 어쨌든 나는 3개월을 헤맨 끝에 그를 르아브르에서 찾아낼 수 있었어요. 그곳의 한 여객선에 승무원인지 통역사인지로 취직하려 애쓰고 있더군요.

그는 수중에 달랑 10프랑인가 12프랑인가밖에 없었어요……. 난 그에게 술을 한잔 대접했고, 그 무거운 입을 열게 하느라 정말로 죽을 똥을 쌌죠……. 그나마 그는 대답할 때 한 번에 한 마디밖에 내뱉지 않았고요!

그는 어느 대저택의 가정 교사, 루앙의 인쇄소 교정원, 서점 점원 등 안 해본 게 없다고 하더군요…….

그는 그때부터 벌써 그 우스꽝스러운 모닝코트 차림이었고, 너무도 성긴 그 적갈색 턱수염을 달고 있었죠…….

난 그 한 방에 모든 것을 걸었어요. 난 그에게 이렇게 말했죠. 나는 미국에 가서 돈을 벌고 싶다, 그런데 거기서 성공하려면, 특히 여자들의 호감을 사기 위해서는, 귀족 작위만큼 도움이 되는 건 없다…….

난 그의 이름을 사겠다고 제안했어요……. 내게 돈이 조금 있었거든요. 낭트에서 말 장사를 했던 부친이 약간의 유산을 남겨 주셔서 말이죠.

그렇게 난 3만 프랑을 지불하고 티뷔르스 드 생틸레르라 불릴 수 있는 권리를 얻게 된 거죠…….」

매그레는 인물 사진을 흘깃 쳐다본 다음, 앞에 있는 사내를 발끝에서부터 머리까지 눈으로 쓰윽 훑어 올라와서는, 마침내 그의 눈을 똑바로 들여다보았다. 그 눈길을 받은 사내는 황급하게 말하기 시작했다.

「여느 금융인이 한 달 후에 다섯 배 비싸게 되팔 것을 예상하고 2백 프랑어치의 증권을 사는 것이나, 내가 한 일이나 결국 다를 것 없지 않습니까? 그 유산을 받기 위해 난 4년이나 기다려야 했다고요! 정글 속에 사는 그 미친 노인네는 쉽게 죽지도 않더라고요. 난 돈을 탈탈 털어 주고 난 후라 굶어 죽을 지경이었구요.

우리는 거의 같은 나이였어요. 그래서 서로의 신분증만 바꾸면 끝이었죠. 그리고 그쪽이 해야 할 일은 단 하나, 나를 아는 사람들을 믿길 수노 있는 낭트 땅에 앞으로 영원히 발을 들여놓지 않는 거였죠.

나는 주의해야 할 게 별로 없었어요. 진짜 티뷔르스에게는 친구가 거의 없었으니까……. 그리고 그는 어딘가에서 일을 할 때도 대부분의 경우, 본명을 밝히지 않았죠. 득보다는 해가 될 수 있었으니까…….

동네 서점 점원이 〈티뷔르스 드 생틸레르〉라는 이름을 가졌다면 얼마나 괴상하겠습니까!

그러다 나는 마침내 신문에서 조그만 공고문 하나를 보게 되었죠. 노인네가 유산을 남긴 것을 알리고, 혹시 이에 대한 권리를 지닌 사람이 있다면 나타나 줄 것을 요청하는…….

자, 그 숲 속에 파묻혀 살던 노인네가 남긴 120만 프랑은 그렇게 내 손으로 들어왔습니다. 하지만 이건 결국 내 힘으로 벌었다고 할 수 있지 않을까요?」

그는 매그레가 아무 대꾸도 안 하자 차분함을 되찾고 있었다. 털끝만큼이라도 맞장구를 쳐주면, 그대로 윙크까지 할 기세였다.

「물론 갈레는 내게 달려왔죠. 그동안 결혼도 했지만 형편이 썩 좋지는 않았던 그 친구는 내게 온갖 비난을 늘어놓더군요. 얼굴이 시커메져 가지고 그렇게 덤비는 걸 보고 있으려니, 한순간 이자가 날 죽일지도 모른다는 생각까지 들었어요.

난 그에게 1만 프랑을 내주었고, 결국 그는 그걸 가지고 떠났죠.

하지만 6개월 후에 다시 나타났어요. 그리고 또 다시……. 그는 진실을 밝히겠다고 위협했죠. 나는 그리되면 나뿐 아니라 그 역시 처벌을 받게 된다는 사실을 이해시키느라 땀깨나 흘렸습니다.

게다가 그에겐 가족이 있었지요! 왠지는 몰라도 그가 상당히 두려워하고 있는 듯 보이는 가족이…….

조금씩, 조금씩 그의 기세는 수그러들었어요. 그는 빠른 속도로 늙어 갔죠. 그 모닝코트, 그 턱수염, 그 누렇게 뜬 피부, 그리고 그 다크서클로 시커메진 눈가를 보고 있노라면 내 마음이 다 짠해질 정도였어요.

그의 태도는 점점 더 걸인을 닮아 갔어요. 찾아와서는 언제나 5만 프랑을 요구하는 것으로 시작하죠. 그것만 받으면 깨끗이 끝내겠다고 맹세했지요. 그러다 결국에는 1천 프랑짜리 지폐 한두 장을 받아 가지고 돌아가곤 했어요.

하지만 그런 식으로 18년 동안 준 돈이 모두 얼마나 될지 생각해 보세요! 다시 말하거니와, 내가 단호한 태도를 보이지 않았다면 난 결국 망하고 말았을 겁니다.

난 열심히 일했다고요! 부지런히 투자처를 찾았어요. 저기 사유지의 상류 부근에 보이는 모든 땅을 다 포도밭으로 일궈 놓았지요!

 그렇다면 이때 그는 뭘 하고 있었느냐? ……자기는 어느 상사(商社)의 방문 판매원으로 돌아다닌다고 주장했지만, 실은 공돈이나 뜯고 다니는 사기꾼에 불과했어요.

 거기에 재미를 붙이고 있었던 거죠. 반장님도 알다시피 클레망 씨라는 이름을 사용하면서, 호구가 될 만한 사람들을 찾아다니며…….

 그런데 이런 사람에게 내가 대체 어떻게 해야 했다고 생각하십니까? 말해 보세요!」

 그의 목소리는 커지고 있었다. 그러면서 자기도 모르게 몸을 벌떡 일으켰다.

 「문제의 토요일, 그는 당장에 2만 프랑을 내놓으라고 했어요. 하지만 설사 주고 싶은 마음이 있었다 해도 그럴 수 없었어요. 은행 문이 닫혀 있었으니까……. 그리고 다시 말하는 거지만, 난 이만하면 충분히 지불한 거 아닙니까? 안 그래요?

 나는 그에게 그대로 말했어요! 그를 썩어 빠진 인간으로 취급하면서! ……하지만 그는 오후에 다시 쳐들어왔어요. 이번에는 얼마나 비굴하게 나오는지 구역질이 날 정도였죠.

 남자가 그 지경으로까지 타락해서는 안 되는 법이거든요. 인생이 뭡니까? 한판 승부 아닙니까! 이기지 못하면

지는 거고, 따지 못하면 잃는 거예요! 아무리 그래도 최소한의 자존심은 지켜야 하는 것 아니겠습니까……」

「그래, 지금 하신 말을 그에게도 해줬소?」 매그레는 놀라울 정도로 부드러운 어조로 말을 끊으며 물었다.

「못할 거 있습니까? 좀 자극을 주고 싶었어요……. 난 그에게 5백 프랑을 주겠다고 제안했습니다.」

반장은 한 팔꿈치를 벽난로 위에 기댄 채, 죽은 이의 사진을 천천히 자기 쪽으로 끌어왔다.

「5백 프랑이라……」

「내 지출 내역을 모두 적어 놓은 수첩을 보여 드리겠습니다. 그걸 보시면 그가 내게 20만 프랑 이상을 뜯어 갔다는 사실을 확인할 수 있을 거예요. 그날 저녁, 난 정원에 나와 있었어요……」

「마음이 좀 심란했겠지……」

「왠지 모르게 불안했죠……. 그런데 담벼락 쪽에서 무슨 소리가 들렸어요. 그러고는 그가 나뭇가지 사이에 뭔가를 매달고 있는 걸 보았죠. 처음에는 그가 나를 해치려고 무슨 짓을 꾸미나 보다 생각했어요…….

하지만 그는 나온 곳으로 다시 사라져 버렸죠. 나는 술통에 올라가 봤어요. 그는 자기 방에 들어가 있더군요. 탁자 가까이에, 나 있는 곳을 향하고 서 있었어요. 하지만 나를 볼 수는 없었죠.

난 그게 무슨 상황인지 이해할 수가 없었죠. 정말이지 그때 무서웠답니다! ……내가 서 있는 데서 10미터 떨어진 곳에서 총이 발사되었고, 갈레는 움직이지 않았어요.

다만, 그의 오른뺨은 붉게 물들어 있었죠. 피가 흘러내리고 있었어요……. 그는 여전히 서서, 한 곳을 응시하고 있었죠. 마치 무언가를 기다리는 사람처럼……」

매그레는 벽난로 위에 있는 권총을 집어 들었다. 곤들매기를 잡을 때 사용하는 낚싯줄처럼 가는 철사들을 꼬아 만든 기타 줄 하나가 거기에 아직 매여 있었다.

총신 아래에는 조그만 양철 상자 하나가 단단하게 고정되어 있었고, 그 상자에서 빠져나온 뻣뻣한 줄은 권총의 격발 장치에 연결되어 있었다.

매그레는 손톱 끝으로 양철 상자를 열어 보았고, 시중에서 흔히 볼 수 있는, 자신의 사진을 혼자서 찍을 수 있게 해주는 메커니즘과 유사한 장치를 발견했다. 태엽을 감아 놓기만 하면 몇 초 후 저절로 풀리도록 되어 있었던 것이다. 그런데 이것은 3단계로 풀리도록 조작되어 있었고, 따라서 격발도 세 차례 일어나게 되어 있었다.

「첫 번째 총알이 발사된 후, 태엽이 걸려 버린 모양이군!」 그는 혼잣말을 하듯 약간 잠긴 목소리로 천천히 말했다.

그리고 조금 전에 생틸레르가 했던 말들도 아직 귓전

을 울리고 있었다. 〈다만, 그의 오른뺨은 붉게 물들어 있었죠. 피가 흘러내리고 있었어요……. 그는 여전히 서서, 한 곳을 응시하고 있었죠. 마치 무언가를 기다리는 사람처럼…….〉

그렇지! 남은 두 발을 기다리고 있었던 거야! 그는 총격이 정확히 이루어지리라고 확신하지 못했어. 하지만 세 발을 쏘면 적어도 하나는 머리에 적중하리라고 확신할 수 있었지.

그런데 남은 두 발이 나오지 않았던 거야! 그는 호주머니에서 칼을 꺼냈지…….

「칼을 가슴에 대고 꾹 누르면서 그는 휘청거렸죠. 그러고는 나무토막처럼 뻣뻣하게 쓰러졌어요……. 물론 죽은 거죠. 그때 내 머리에 금방 떠오른 생각은 복수였어요. 내게 복수하기 위해 진실을 폭로한, 아니 어쩌면 내가 자기를 죽였다고 주장하는 글을 남겼을 거라고요.」

「당신은 아주 신중한 사람이야! 냉정한 사람이기도 하고! 그 와중에도 고무장갑을 찾으러 부엌으로 달려간 걸 보면…….」

「그럼 내가 그 방에 내 지문을 남겨야 했나요? ……나는 철책 문으로 나갔어요. 문을 열고 열쇠는 호주머니에 집어넣었죠. 방에 들어간 나는 여기 올 필요가 없었다는 걸 깨달았어요. 그 자신이 모든 문서를 태워 버렸으니까요. 난 두려웠어요. 그의 부릅뜬 눈이 섬뜩했죠. 나는 허둥지둥 집으로 돌아왔고, 철책 문을 열쇠로 잠그는 것마저 잊어버렸죠……. 당신이 내 처지였다면 어떻게 했겠습니까? 어차피 그가 죽어 버린 마당에 말입니다…….

그리고 공증인의 집에서 카드 게임을 하고 있다가 권총이 다시 발사되었다는 소식을 들었을 때……. 그때는 더욱 겁이 났어요.

나는 가까이 다가가 살펴보았죠. 하지만 감히 건드릴 수가 없었어요. 나중에 내가 의심을 받게 되는 일이 생기면, 그게 내 결백의 증거물이 되어 줄 것이었으므로…….

그것은 6연발 자동 권총이었어요. 나는 최초의 총격 때, 그 충격으로 걸려 버린 용수철이 8일 후 날씨 변화의 영향을 받아 다시 풀어졌다는 사실을 깨닫게 되었죠.

하지만 아직 세 발이 남아 있을지도 모를 일이었죠. 안 그렇습니까? ……그때부터 나는 정원을 배회하면서 시간을 보냈죠. 귀를 쫑긋 세우고서……. 조금 전에도 우리 둘이 여기서 얘기를 나눌 때, 난 탁자 가까이에 있지 않으려 애썼죠.」

「하지만 나는 그 자리에 계속 앉혀 놓더군! ……그리고 쐐기풀 길에다 총을 버린 것도 바로 당신이었겠지. 내가 가택 수색을 하겠다고 엄포를 놓으니까 부랴부랴 갖다 놓은 거야.」

투숙객들이 저녁 식사를 마치고 도로변을 거닐고 있는 지, 규칙적인 발자국 소리가 들렸다. 주방에서는 설거지하는 소리가 간헐적으로 올라오고 있었다.

「내가 당신에게 돈을 제의한 건 잘못이었습니다……」

매그레는 하마터면 큰 웃음을 터뜨릴 뻔했다. 만일 꾹 참지 않았더라면 아마도 섬뜩한 것이 되었을 그런 웃음을.

매그레는 자신보다 키가 머리통 하나는 작고, 어깨 너비는 반밖에 되지 않는 상대 앞에 우뚝 서서는, 측은하면서도 사나운 눈으로 그를 내려다보았다. 그러면서 당장이라도 그의 목을 움켜쥘 듯이, 혹은 그의 머리통을 붙잡아 벽에다 박살을 내버릴 듯한 기색으로 커다란 손을 흔들흔들하고 있었다.

하지만 가짜 티뷔르스 드 생틸레르는 어떻게 해서라도 자신을 정당화해 보겠다고, 잃어버린 위엄을 되찾아 보겠다고, 보기에도 안쓰럽게 계속 안간힘을 쓰고 있었다.

불쌍한 작은 악당! 자신이 벌인 그 비열한 행위를 당당하게 받아들일 만한 용기가 없는, 아니 어쩌면 그 악행을 제대로 의식조차 못하고 있을지도 모르는 이 불쌍한 작은 악당!

이런 그가 가련한 허세를 떨고 있는 것이다! 하지만 매그레가 조금이라도 몸을 움직이려 하면 그는 움찔움찔

뒷걸음치고 있었다. 만일 반장이 손을 번쩍 쳐들기라도 했다면 그대로 몸을 던져 땅바닥에 납작 엎드렸으리라!

「만일 그의 미망인이 필요한 게 있다면, 내가 힘닿는 데까지, 은밀하게 도와줄 용의도 있습니다!」

그는 물론 시효에 대해서 잘 알고 있었다. 하지만 불안해하고 있었던 것이다! 지금 마치 고양이가 생쥐를 데리고 놀듯 자신을 다루고 있는 반장에게서 뭔가 안심이 되는 말 한 마디라도 얻어 낼 수 있다면, 거금이라도 내놓았으리라!

「그건 그 사람이 직접 마련해 놓았소.」

「그래요, 나도 신문에서 읽었어요! 30만 프랑짜리 생명 보험이었죠! 정말 놀랍더군요…….」

매그레는 더 이상 참을 수가 없었다.

「맞아, 정말로 놀랍지 않소? ……자신의 아주 조그만 즐거움을 위해 쓸 돈이라곤 한 푼도 없이 어린 시절을 보내야만 했던 그 사람이! 학교가 어떤 곳인지는 당신도 잘 알고 있을 거요. 특히나 부르주의 기숙 학교는 중부 지방 대귀족의 자식들 대부분이 모여 있는 곳이지……. 이름은 멋들어졌지! 이름만큼은 누구도 부럽지 않을 만큼 오래되고 으리으리한 것이었어! 물론 앞에 붙은 티뷔르스란 이름이 좀 우스꽝스럽긴 했지만…….

그는 밥을 먹고 수업을 들을 권리는 있었지만, 초콜릿

조각 하나, 가지고 놀 호루라기 하나, 구슬 하나 살 수가 없는 아이였어.

레크리에이션 시간이면 구석에 혼자 서 있어야 했어. 어쩌면 그만큼이나 비참한 존재들이었을 학교의 자습 감독들마저 그를 가련하게 여겼겠지…….

그는 거기서 나왔어! ……어느 서점에서 책을 팔았지. 아무런 희망도 없이 그의 그 기나긴 이름과, 모닝코트와, 병든 간을 질질 끌면서 살아가야 했어.

전당포에 맡길 물건 하나 없었어! 가진 거라곤 달랑 이름 하나……. 그런데 어느 날, 누군가가 그 이름을 사겠다고 나섰지.

그러고도 비참한 삶은 여전했어! 이제는 그 이름마저 없는 비참한 삶! ……그래도 갈레라는 이름 덕분에 그는 한 단계 올라설 수 있었지. 〈범용함〉이라는 단계로 말이야. 최소한 먹고 마시는 걱정은 면제된 삶…….

단지 문제는 그가 새로 얻게 된 가족들이 그를 벌레 보듯 했다는 사실이야.

그에겐 아내와 아들 하나가 있었어. 그런데 이 아내와 아들 역시 그를 비난했지. 출세하지 못한다고, 돈을 벌지 못한다고, 그의 동서처럼 도 의원이 되지 못한다고…….

그런데 그가 3만 프랑에 팔아넘긴 그 이름이, 갑자기 1백만 프랑 이상의 가치를 갖게 되었지! 그가 소유했었던 그것이 말이야! 그에게 온갖 비참과 모욕만을 안겨 주었던 그것이! 그래서 그가 벗어던진 그것이!

그리고 전에 갈레였던 사람, 그 유쾌한 장난꾼은 이따금 적선하듯 그에게 몇 푼씩 던져 주었어.

놀랍다고? 그래, 당신이 말 잘한 거야! ······그는 되는 일이 정말로 하나도 없었어! 그는 근심과 걱정 속에서 평생을 보냈어! 그 누구도, 그 어느 때도 그를 도와주지 않았지!

그의 아들은 자기 힘으로 날 수 있게 되자마자 반항하고 집을 떠나 버렸어. 늙은 아비를 그 초라한 삶 속에 남겨 놓고 말이야.

그의 아내만큼은 체념하고 있었지. 그렇다고 해서 그녀가 그를 도와주었다는 말은 아니야! 그렇다고 해서 그를 위로해 준 것은 아니란 말이지!

〈그녀가 체념한 것〉, 그것은 단지 그에게서 아무것도 뽑아 낼 수 없다는 걸 느꼈기 때문이었어! 병들어 식이 요법으로 간신히 지탱해 가는 가련한 인간에 불과했으니까!

그런데 그는 그녀에게 30만 프랑을 남겨 주었지! 그와 있을 때는 그녀가 한 번도 가져 보지 못한 돈을! 그녀의 자매들을 달려오게 하고, 도 의원으로 하여금 미소 짓게 할 수 있었던 30만 프랑을!

5년 전부터 그는 겨우겨우 살아오고 있었어! 간 질환 발작이 이어졌지! 왕당파들에게서 얻는 돈은 구걸해서 버는 것보다 많다고 할 수 없었어! 여기에서는, 가끔씩 1천 프랑짜리 지폐를 한 장씩 얻어 갈 수 있을 뿐이었고.

하지만 이렇게 간신히 모은 돈 대부분은 자코브 씨라는 자가 가져가 버렸지.

그래, 갈레-생틸레르는 정말 놀라운 사람이었어! 자신을 위한 지출은 절약하고 또 절약하던 그 사람이, 생명 보험에 들어, 해마다 2만 프랑이 넘는 돈을 부어 올 수 있었다니……!

그는 예감하고 있었지. 결국에는 지치고 절망하여 더 계속해 나갈 힘이 없는 때가 오리라는 것을. 아니면 헐떡대는 심장이 먼저 멈춰 버리거나…….

불쌍한 사람! 혼자서 여기저기 돌아다녀야만 했던, 하지만 어디에서도 안식할 수 없었던 사람! 낚싯대를 드리우거나, 주위에 아무도 없을 때만 약간의 평화를 느낄 수 있었겠지.

한마디로 그는 잘못 태어난 거였어! 망한 가문 출신이었는데, 그 가족은 무슨 정신없는 생각이었는지, 힘겹게 간직해 둔 마지막 돈을 그의 학비로 쏟아부어 버렸지.

그는 자기 이름도 잘못 팔아 버렸어.

또 일터도 잘못 골랐지! 왜 왕당파가 빌빌대고 있는 시대에 그 세계에서 일을 했느냔 말이야!

결혼도 잘못 했어. 아들놈조차 그 밉살스런 처제들이며 동서들과 한 핏줄이었지!

세상에는 건강하고 행복하게 살고 있다가 원치 않는 죽음을 맞는 사람들이 너무도 많아.

그런데 그는 웬 복이 그리 지지리도 없는지, 쉽게 죽지도 않는 거야! 그렇다고 해서 자살할 수도 없는 노릇이었지. 그러면 생명 보험금이 나오지 않으니까.

그는 손목시계들, 용수철들을 만지작거리며 뭔가를 곰곰이 생각하고 있었지. 스스로를 더 이상 지탱할 수 없는 순간이 가까왔다는 사실을 잘 알고 있었으므로.

결국 그 자코브 씨가 2만 프랑을 요구해 왔어!

그에겐 그 돈이 없었지! 그 돈을 내줄 사람도 없었어! 대신 그에겐 은밀한 방책이 있었지! 혹시나 하는 마음에, 자기 대신 1백만 프랑을 차지한 자의 문을 두드려 보았어…….

그를 맞아 준 것은 캄캄한 암흑뿐이었어……. 하지만 그는 몸을 추슬러 다시 일어섰지! 벌써 안뜰로 난 객실을 요구하고 있었어! 준비해 온 기계 장치가 전적으로 미덥지 못했기에 보다 간단한 우물의 방법을 사용하고 싶었던 거야…….

그는 지금까지 기괴하고도 불운한 생을 지나왔어.

한데 이건 또 웬일인가! 안뜰로 난 방마저 쓸 수 없다는 거였어! 어쩔 수 없이 이번에는 그 높은 담벼락까지 기어올라야만 했지!

게다가 또 총알 두 발은 발사되지 않았어! 당신이 뭐라고 했던가……. 〈다만, 그의 오른뺨은 붉게 물들어 있었죠. 피가 흘러내리고 있었어요……. 그는 여전히 서서, 한 곳을 응시하고 있었죠. 마치 무언가를 기다리는 사람처럼…….〉 그는 평생을 무언가를 기다리면서 살아오지 않았나? 약간의 행운…… 그에겐 그마저도 없었다고! 거리에 흘러 다니는 조그만 즐거움들, 사람들은 의식조차 하지 못하는 작은 행복들 중 단 하나도 그에겐 허락되지 않았어!

그는 그렇게 오지 않는 마지막 총알 두 발을 기다려야만 했지.

결국 스스로의 손으로 일을 마무리 지어야만 했어.」

매그레가 잇새에 물고 있던 파이프 물부리가 뚝 하고 부러졌다. 말을 멈추면서 갑자기 어금니를 꽉 깨물었던 것이다.

그러자 그의 대화 상대는 시선을 비스듬히 돌린 채로 우물대듯 말했다.

「그래 봐야 사기꾼 아닙니까?」

매그레는 꼼짝 않고서, 이글이글하는 눈으로 최소한

1분 동안 그를 노려보았다. 그의 커다란 손이 치켜 올려졌다. 작은 성 소유주의 신경이 격심한 불안감에 팽팽해지는 것이 느껴졌다. 매그레는 그의 공황 상태를 즐기기라도 하듯, 잠시 그렇게 손을 허공에 쳐들고 있었다. 그러다 결국 사내의 어깨를 한 번 탁 치는 것으로 만족했다.

「당신 말이 맞아! 그는 사기꾼이었지······. 그리고 당신에겐 시효가 있고, 안 그렇소?」

「법에 대해서야 나보다 더 잘 아시겠지만······.」

「그럼, 그럼! 당연히 시효가 있지! 그리고 법은 어떤 자식새끼가 사기적인 방법으로 아비의 재산을 탈취했다 하더라도, 그것은 위법 행위도, 범죄도 아니라고 규정해 주고 있고. 따라서 앙리 갈레는 당신과 마찬가지로 걱정할 게 아무것도 없지······. 그런데 그는 지금까지 10만 프랑밖에 모으지 못했어! 애인의 돈 5만 프랑과 합하더라도 15만 프랑밖에는 안 되고······. 의사의 충고대로 시골에 내려가 살려면 모두 50만 프랑이 필요한데 말이야!

생틸레르 씨, 당신이 〈놀랍다〉고 말했던가? ······그렇소, 이건 정말이지 놀라운 거요! 여기에 범죄가 없다니! ······ 여기에 살인범도 없고, 죄인도 없다니! 감옥에 처넣어야 할 놈이 하나도 없다니······.

아니, 처넣어야 할 사람이 딱 하나 있었겠지. 현명하게도 그 얄량한 법에서 벗어날 생각을 하지 않았다면, 생파르조 공동묘지의 〈너무 비싸지 않으면서도 품위 있는 묘석 밑에〉 죽어 누워 있는 그 사람은 감옥에 갇혔겠지…….

자, 불 좀 주시오! ……아, 이젠 마음껏 왼손을 쓰셔도 괜찮소!

그리고 이곳 상세르에 축구 클럽을 하나 만드는 즐거움을 삼가야 할 이유도 더 이상 없지 않겠소? 클럽의 명예 회장도 되실 수 있을 테고…….」

그러고는 갑자기 얼굴색이 싹 변하더니, 또박또박 이렇게 말했다.

「자, 내빼시오.」

「하지만…… 나는…….」

「내빼라고!」

다시 한 번 생틸레르는 그 알량한 품위를 되찾아 보겠다고 잠시 우물쭈물하고 있었다.

「반장님! 지금 좀 심하신 것 같은데요? 만일…….」

「문으로는 말고…… 창문으로! 나가는 길, 잘 알고 있지 않소? 자! ……여기, 열쇠 잊으셨소!」

「흥분이 조금 가라앉으시면, 내가 반장님…….」

「바로 그거야! 일전에 내게 맛보여 주었던 그 샴페인을 한 궤짝 보내 주시오!」

사내는 미소를 지어야 할지, 무서워해야 할지 몰라 엉거주춤 서 있었다. 그는 매그레의 육중한 덩치가 자신을 향해 나아오는 것을 보고는 본능적으로 창문 쪽으로 뒷걸음쳤다.

「주소를 안 주셔서……」

「우편엽서에 적어 보내 주겠소……. 자, 팔짝! ……오호, 연세치고는 상당히 날렵하시군그래……」

거칠게 창문을 닫아 버린 매그레는, 전등의 강렬한 직사광으로 채워진 방 안에 다시 홀로 남겨졌다.

침대는 에밀 갈레가 이 방에 들어왔던 날의 모습 그대로였다. 검은 나사(羅紗) 천의 모닝코트와 바지는 벽에 걸려 후줄근하게 늘어져 있었다.

매그레는 벽난로 위의 사진을 다소 거칠게 낚아채 감식과의 두서가 찍힌 봉투에 집어넣고는, 봉투에 갈레 부인의 주소를 썼다.

저녁 10시가 조금 못 된 시간이었다. 자동차를 타고 밀어닥친 파리 사람들이 테라스에서 휴대용 전축까지 틀어 놓고는 소란을 떨고 있었다.

거기서 춤판을 벌이겠다는 것이었다. 그들이 몰고 온 고급 승용차에 대한 경의와 벌써 잠자리에 든 다른 투숙객들의 항의 사이에 끼게 된 타르디봉은, 협상을 통해 그들을 호텔의 홀 안으로 들어가게 하려고 진땀을 흘리고 있었다.

매그레는 복도들을 따라 걸은 후, 한 마부와 교사가 당구를 치고 있는 카페를 지나 밖으로 나왔다. 폭스트롯을 추던 한 커플이 춤을 딱 멈추었을 때였다.

「지금 저이가 뭐라고 했어?」

「자기 호텔 투숙객들이 다 잠자리에 들었대⋯⋯. 그래서 우리더러 소리 좀 낮춰 달라는구만⋯⋯.」

현수교에 켜진 두 개의 가로등 불빛이 보였고, 때로는 루아르 강 수면에 비친 불빛이 어른대기도 했다.

「그래서 춤추면 안 된다는 거야?」

「안에 들어가서 하래⋯⋯.」

「참, 낭만적이기도 하겠다!」

타르디봉은 이 까다로운 고객들의 대화를 들으며 옆에 어색하게 서서는, 그들의 승용차를 한숨 푹 쉬며 바라보고 있다가, 다가오는 매그레를 발견했다.

「반장님, 작은 응접실에 반장님 식탁을 차려 놓게 했습니다! ⋯⋯그런데, 수사에 새로운 거라도⋯⋯?」

전축은 여전히 돌아가고 있었다. 2층에서는 꽃무늬 속옷 차림의 여자가 이들 침입자들을 째려보면서, 침대에 누워 있는 듯 보이는 자기 남편에게 소리 질렀다.

「여보, 좀 내려가 보라고요! 저 인간들 좀 조용히 하게 하라고! 시끄러워서 잠을 잘 수가 있어야지⋯⋯.」

반면 한 꺼풀은 남자는 백화점 판매원, 여자는 타자수로 보였는데 — 승용차를 타고 온 이들과 사귀어 평소보다 덜 진부한 저녁 시간을 보내 보려는 희망을 품고, 그들의 편을 들어 주고 있었다.

「난 저녁 식사 하지 않을 거요. 내 짐을 역까지 날라 주겠소?」 매그레가 말했다.

「11시 32분 차에 맞춰서요? 떠나시려고……?」

「그렇소.」

「아니, 하지만……. 그래도 뭔가를 좀 드셔야……. 그런데 우리 호텔 명함은 가지고 계신가요?」

타르디봉은 호주머니에서 그림엽서 같은 명함 한 장을 꺼냈다. 조악한 인쇄, 당시 유행하던 여성스러운 스타일로 판단하건대 대략 12년 전에 제작된 것인 듯 보였다.

사진은 루아르 호텔의 전경을 보여 주고 있었다. 2층에는 깃발 하나가 펄럭이고, 테라스는 손님들로 꽉 채워져 있었다.

예복을 갖춰 입은 타르디봉은 미소를 지으며 현관 문턱에 서 있었고, 저마다 쟁반을 받쳐 든 여종업원들은 동작을 멈추고는 카메라 렌즈를 향하고 있었다.

「고맙소.」

매그레는 카드를 호주머니에 넣고는, 쐐기풀 길 쪽으로 몸을 돌려 잠시 바라보았다.

작은 성의 창문 하나에 방금 불이 켜졌던 것이다. 지금쯤 분명히 티뷔르스 드 생틸레르는 옷을 벗으면서, 불안한 마음을 달래 보고자 아마도 이런 말들을 중얼거리고 있으리라.

「……그래도 그 인간, 이성적으로 판단했겠지? 우선 시효란 게 있잖아? 또 내가 내 권리에 대해 자기만큼 잘 알고 있는 걸 느꼈을 거고……. 그리고 어찌 됐든 갈레는 한낱 사기꾼 아냐? 결국 내가 뭘 잘못했느냐고! 맞아, 나한테 뭘 비난할 수 있느냔 말이야…….」

그러면서도 방의 어두운 구석들을, 모종의 두려움이 깃든 눈으로 쳐다보지 않겠는가?

생파르조의 갈레 부인 방에도 불이 꺼지고 있으리라. 머리핀을 잔뜩 꽂고 자리에 누운 그녀는 더 이상 신경 쓰지 않아도 되는 〈품위〉를 한쪽에 내려놓고서, 이불 속 남편의 빈자리를 만져 보고 있으리라. 어쩌면 잠들기 전에 달콤한 흐느낌에 빠져 보기도 하리라.

하지만 그녀는 위로받을 수 있지 않겠는가? 그녀의 자매들과, 또 도 의원도 포함되어 있는 그녀의 제부들이 다시금 든든한 가족의 동아리에 그녀를 받아들여 줄 터이므로…….

매그레는 마침내 안으로 들어가 저녁 식사를 하고 춤추기로 결정한 승용차 주인들에게 정신이 팔려 있는 타로디봉과 형식적인 악수를 나누었다.

인적이 끊긴 현수교 위에, 그의 발소리만이 저벅저벅

울렸다. 모래톱을 끼고 흐르는 물살 소리도 들릴 듯 말 듯 희미했다.

매그레의 입가에 빙그레 미소가 떠올랐다. 지금 걷는 이 배경 속에 함께 걷고 있는 두 사람의 모습을 떠올려 본 것이다. 하나는 좀 더 나이 먹은, 그래서 안색은 더 누레지고 입은 더욱 길고 얄팍해진 앙리였고, 다른 하나는 나이가 들어감에 따라 표정이 더 딱딱해지고, 알게 모르게 우스꽝스러운 모습으로 변해 가고 있을 엘레오노르였다.

그 둘은 싸우고 있으리라! 매사에, 또 아무것도 아닌 일들을 가지고! 특히나 그들의 50만 프랑 문제로!

이때쯤 그들은 그 돈을 얻었을 것이므로……!

「웃기고 있네! 당신 아버지는……」

「우리 아버지에 대해서 함부로 지껄이지 마! 내가 당신을 처음 만났을 때, 당신은 어떤 인간이었지?」

「어차피 당신도 잘 알고 있었잖아……?」

파리에 도착할 때까지 그는 깊은 잠에 빠져 있었다. 형체가 분명하지 않은 실루엣들이 나타나고, 알 수 없는 어떤 것들이 구역질 나게 우글거리는 심란한 꿈을 꾸면서…….

리옹 역 구내식당에서 술 탄 커피 한 잔을 들이켜고 값을 치르려고 호주머니를 뒤지던 그는, 루아르 호텔의 그림 명함을 꺼내 보았다.

옆자리에서는 철없고 순진해 보이는 아가씨가 크루아상을 잔에 담긴 코코아에 찍어 먹고 있었다.

그는 명함을 카운터 위에 두었다. 다시 한 번 고개를 돌려 보니, 처녀는 현수교의 한쪽 끝과, 타르디봉의 호텔 주변을 꾸며 주고 있는 나무들을 꿈꾸듯 쳐다보고 있었다.

「이 아가씨가 그 방에서 자게 될지도 모르겠군……」

그리고 녹색 사냥복을 입은 생틸레르는 자기 농원에서 나온 샴페인을 한잔 대접하겠다며 그녀를 성에 초대하리라…….

「당신 꼭 장례식 다녀온 사람 같네요?」 그가 리샤르르 누아르 가에 있는 자기 집에 들어갔을 때, 매그레 부인이 말했다. 「그래도 밥은 먹었겠죠?」

「당신 말이 맞소…….」 그는 낯익은 집 안 풍경을 기쁜 듯이 둘러보면서 중얼거리듯 말했다. 「그가 매장된 건 사실이니까.」

그러고는 그녀로서는 도무지 이해할 수 없는 말을 덧붙였다.

「아, 하지만……! 진짜 살인범에 의해 살해된 진짜 죽은 이를 맡았다면 훨씬 좋았을 거요……. 자, 11시에 날 깨워 줘요. 부장에게 가서 보고를 해야 하니까.」

그는 아내에게 털어놓을 수 없었다. 사실은 별로 자고 싶은 마음이 없다고. 또 그 〈보고〉를 어떤 식으로 해야 옳은지 잘 모르겠다고.

만일 진실을 그대로 밝힌다면? 갈레 부인은 30만 프랑의 보험금을 빼앗기게 될 테고, 그녀는 자신의 아들과 엘레오노르와 티뷔르스 드 생틸레르와 원수가 되리라. 또 그녀의 자매들과 제수들은 또다시 그녀를 벌레 보듯 하리라.

이 이해관계들과 증오들과 끝없이 이어지는 소송들이 얽히고설키며 풀 수 없는 실타래를 이루게 되리라! 어쩌면 어떤 꼼꼼한 판사가 에밀 갈레를 — 문제를 다시 조사하기 위해! — 무덤에서부터 다시 끌어낼지도 모를 일이었다!

매그레는 이제 죽은 이의 사진을 가지고 있지 않았지만, 그 퇴색한 이미지가 더는 필요하지 않았다.

〈……다만, 그의 오른뺨은 붉게 물들어 있었죠. 피가 흘러내리고 있었어요……. 그는 여전히 서서, 한 곳을 응시하고 있었죠. 마치 무언가를 기다리는 사람처럼…….〉

「그래, 평화였어! 그가 기다렸던 것은 바로 그거였다고!」 매그레는 평소보다도 훨씬 일찍 몸을 일으키면서 으르렁대듯 중얼거렸다.

그리고 얼마 후, 그는 한쪽 어깨를 기우뚱하니 내려뜨린 자세로 부장에게 이렇게 말했다.

「실패했수다! 이 고약한 잡사건은 미제(謎題) 처리 하는 수밖에 없겠어요……」

그래도 이렇게 계산하는 것은 잊지 않았다.

「의사 말에 따르면, 그에게 살날이 3년밖에 남지 않았다고 합니다. 그렇다면 보험 회사는 6만 프랑을 잃은 셈이죠……. 하지만 그 회사는 자본이 9천만 프랑이나 된다지, 아마!」

『갈레 씨, 홀로 죽다』 연보

제목

Monsieur Gallet, décédé

원제

그림자 사냥 *La Chasse à l'ombre*

집필일

1930년 여름

집필 장소

프랑스 에손 모르상쉬르센 부근의 르 푸르 아 쇼, 조르주 심농의 배 〈오스트로고트〉호 선상.

초판 인쇄일

1931년 2월

초판 발행 출판사

Arthème Fayard & Cie

초판 서지 정보

판형 12×19cm, 분량 249면

초판 표지 사진

Lecram

작품 배경

상세르, 생파르조, 파리

참조 사항

조르주 심농의 〈매그레 시리즈〉 중 최초로 집필된 작품은 1930년 봄에 쓰인 것으로 추정되는 『수상한 라트비아인』(1931년 5월 출간)이지만, 맨 처음 출간된 작품은 『갈레 씨, 홀로 죽다』와 『생폴리앵에 지다』이다. 당시로서는 유례없는 신간 소설 출간 기념 이벤트였던 〈인체 측정 무도회〉(1931년 2월 20일) 때 이 두 권이 함께 공개되었다. 무려 열일곱 개에 달하는 필명으로 2백여 편의 통속 소설을 써왔던 심농이 〈조르주 심농〉이라는 본명으로 처음 공식 출간한 시리즈이다.

세계 주요 출간 현황

- 미국 초판: *The Death of Monsieur Gallet*(Covici, Friede, 1932)
- 영국 초판: *The Death of Monsieur Gallet*(Hurst & Blackett, 1933), *Maigret Stonewalled*(Penguin Books, 1963)
- 이탈리아 초판: *Il signor Gallet, difunto*(A. Mondadori, 1933)
- 독일 전집: *Maigret und der Verstorbene Monsieur Gallet*(Diogenes, 2008)

영화 및 TV 드라마 각색

- 「Monsieur Gallet, décédé」(1956), 캐나다, TV 드라마, Jean Faucher & Robert Choquette 감독, Henri Norbert 주연
- 「A Man of Quality」(1960), 영국 BBC, TV 드라마, Gerard Glaister 감독, Rupert Davies 주연
- 「Monsieur Gallet, décédé」(1987), 프랑스 Antenne 2, TV 드라마, Georges Ferraro 감독, Jean Richard 주연

조르주 심농 연보

1903년 출생 2월 13일 조르주 조제프 크리스티앙 심농Georges Joseph Christian Simenon이 벨기에 리에주 레오폴드 가 26번지에서 보험 회사 직원인 데지레 심농과 앙리에트 브륄 사이의 첫째로 태어남.

1906년 3세 9월 21일, 조르주의 동생 크리스티앙 출생.

1908년 5세 기독교 학교인 앵스티튀 생앙드레 데 프레르에 입학.

1914년 11세 예수회 교도들이 운영하는 생루이 중학교에 입학.

1915년 12세 생세르베 중학교로 전학해, 별 두각을 드러내지 못한 채 3년 동안 다님.

1918년 15세 아버지가 중병으로 쓰러지자 학업을 그만두고, 서점 등에서 이런저런 잡일을 하며 생계를 꾸림.

1919년 16세 벨기에 일간지 「가제트 드 리에주Gazette de Liége」에 입사. 1922년 12월까지 그곳에서 여러 가명으로 약 1천 편의 기사를 씀. 첫 콩트 중 하나인 『미지근한 과일 졸임 그릇*Le Compotier tlède*』을 씀.

1920년 17세 〈라 카크〉라는 술집을 드나드는 무명 예술가 및 작가

들과 교제하기 시작.

1921년 18세 화가 레진 랑숑을 만남. 심농은 그녀에게 티지Tigy라는 별명을 붙여 주고, 단 12부만 인쇄한 소책자『우스꽝스러운 사람들Les Ridicules』을 바침. 첫 소설『아르슈 다리에서Au Pont des Arches』가 조르주 심이라는 이름으로 출간. 11월 28일 아버지 데지레 심농이 44세의 나이로 사망. 심농은 즉시 자원 입대해 군 복무를 하기로 결심함.

1922년 19세 12월 파리 북역에 도착.

1923년 20세 레진 랑숑과 결혼하고 트라시 후작의 비서로 일하기 시작함.

1924년 21세 다소 가벼운 잡지들에 콩트를 쓰기 시작. 이 소설들은 장 뒤 페리, 조르주마르탱 조르주, 곰 귀, 크리스티앙 브륄, 조르주 심 같은 20여 개의 가명으로 출간됨.

1925년 22세 가을이 끝날 무렵 조제핀 바케르를 만남. 그들의 열정적인 관계는 1927년 6월까지 지속됨.

1928년 25세 선박 유람에 관심을 가지기 시작해 〈지네트〉호를 타고 프랑스의 운하와 강들을 유람함. 물길 안내인, 선원, 수문지기, 마부들의 세계에서 많은 영감을 받게 됨.

1929년 26세 주간지『데텍티브Détective』에 조르주 심이라는 가명으로 퀴즈 식의 짧은 이야기들을 실음. 〈오스트로고트〉호를 타고 유럽 북부 운하들을 둘러봄. 9월 네덜란드의 델프제일 항에서 배를 수리하는 동안 처음으로 〈매그레 반장〉이라는 인물을 구상.

1930년 27세 조르주 심이라는 가명으로 낸『작품집L'Œuvre』에 매그레 반장을 주인공으로 내세운 이른바 대중적인 소설「불안의 집 La Maison de l'inquiétude」을 실음. 여세를 몰아 쓴『수상한 라트비아인Pietr-le-Letton』을 출판인 아르템 파야르에게 보내나 아르템은 시큰둥한 반응을 보임.

1931년 28세 성공을 확신한 심농은 다른 두 편의 매그레, 『갈레 씨, 홀로 죽다Monsieur Gallet, décédé』와 『생폴리앵에 지다』를 쓰고, 결국 아르템 파야르에서 출간됨. 2월 20일 이 두 편의 소설이 〈인체측정 무도회〉란 이름의 출간 기념회에서 소개되어 예상과 달리 큰 성공을 거둠. 그리하여 이해에만 무려 열한 편의 매그레가 출간됨.

1932년 29세 새 매그레 여섯 편이 출간됨. 4월 심농의 소설을 원작으로 한 첫 장편 영화, 장 르누아르의 「교차로의 밤La Nuit du carrefour」 개봉. 몇 주 후에는 장 타리드의 「누런 개Le Chien jaune」가, 그리고 1933년에는 아리 보르가 매그레 반장 역을 맡은 쥘리앵 뒤비비에의 「타인의 목La Tête d'un homme」이 개봉.

1933년 30세 추리 소설 컬렉션에 넣지 않을 첫 번째 작품 『운하의 집La Maison du canal』을 본명으로 출간. 그리고 「파리수아르Paris-Soir」 주관으로 트로츠키와 대담을 나누는 등 여러 편의 르포를 주요 잡지에 게재. 10월 가스통 갈리마르와 출판 계약을 체결.

1934년 31세 소설과 르포를 번갈아 냄. 갈리마르는 『세입자Le Locataire』를, 파야르는 수사 시리즈를 마친다는 의미로 간단하게 『매그레Maigret』라는 제목을 붙인 열아홉 번째 매그레를 출간.

1935년 32세 세계 일주를 하며 『흑인 구역Quartier nègre』과 『일주Long cours』(1936년 출간) 같은, 〈이국적〉 소설들을 씀.

1938년 35세 『지나가는 기차를 바라본 남자L'Homme qui regardait passer les trains』, 『라 수리 씨Monsieur La Souris』, 『항구의 마리La Marie du port』 등 주요 작품 여러 편이 갈리마르에서 출간.

1939년 36세 4월 19일 브뤼셀에서 티지가 첫 아들 마르크를 출산.

1940년 37세 샤랑트앵페리외르 지역 벨기에 피난민 고등 판무관으로 임명됨. 그를 진찰한 한 의사가 앞으로 2~3년밖에 살지 못할 거라는 진단을 내려, 겁을 집어먹은 그는 곧바로 첫 자전적 작품 『나는 기억한다Je me souviens……』를 유언 삼아 쓰기 시작함.

1942년 39세 생메스맹르비외에 정착. 『쿠데르 씨의 미망인 La Veuve Couderc』과, 제목 그대로 매그레 반장이 돌아왔음을 알리는 단편집 『매그레 반장, 돌아오다 Maigret revient』를 갈리마르에서 출간.

1945년 42세 나치에 부역했다는 혐의로 〈거주지 지정〉을 강요당해 사블돌론에서 지내다가 파리에 몇 달 머문 다음, 염두에 뒀던 미국행을 준비. 10월 티지, 마르크와 함께 뉴욕에 도착. 11월 캐나다 여성 드니즈 위메를 만나 첫눈에 반함. 이 첫 만남은 이듬해 초에 출간된 『맨해튼의 방 세 개 Trois chambres à Manhattan』에 생생하게 묘사됨. 이 책을 시작으로 이후 그의 모든 작품들은 프레스 드 라 시테 출판사에서 출간됨.

1946년 43세 아내 티지, 정부 드니즈와 함께 자동차로 미국 횡단 시도. 11월 플로리다에 정착. 쥘리앵 뒤비비에가 『이르 씨의 약혼 Les Fiançailles de Monsieur Hire』을 원작으로 영화 「패닉 Panique」을 제작함.

1947년 44세 애리조나의 투손으로 이사. 그곳에서 『잃어버린 암말 La Jument perdue』과 『눈은 더러웠다 La Neige était sale』를 씀. 투마카코리에 잠시 머문 다음, 1949년 다시 투손으로 돌아감.

1948년 45세 앙드레 지드의 권고에 따라 『나는 기억한다……』의 분량을 늘려 소설화한 『혈통 Pedigree』을 출간.

1949년 46세 제2차 세계 대전 동안 나치에 부역했다는 혐의를 벗음. 9월 29일 드니즈가 투손에서 둘째 아들 장, 일명 존을 출산.

1950년 47세 티지와 이혼하고 드니즈와 결혼. 코네티컷의 레이크빌에 5년간 정착함. 이 시절 심농은 『에버튼의 시계 수리공 L'Horloger d'Everton』, 『매그레 반장의 권총 Le Revolver de Maigret』을 비롯한 스물여섯 편의 소설을 써낼 정도로 왕성한 창조력을 발휘함. 토마 나르세자크가 『괴짜 심농 Le Cas Simenon』을 출간.

1951년 48세 앙리 드쿠앵이 연출하고 장 가뱅과 다니엘 다리외가 출연한 영화「베베 동주에 관한 진실La Vérité sur Bébé Donge」개봉.

1952년 49세 로얄 아카데미 회원으로 임명됨으로써 프랑스와 벨기에로 금의환향.

1953년 50세 레이크빌 인근에서 드니즈가 딸 마리조르주 심농, 일명 마리조를 출산.

1955년 52세 유럽으로 완전히 돌아와 가족과 함께 처음에는 무쟁, 나중에는 칸에 거주함.

1957년 54세 가족과 함께 스위스의 보 주(州)에 있는 에샹당 성에서 살기로 결정. 장 들라누아가 장 가뱅 주연의「매그레 반장, 덫을 놓다Maigret tend un piège」를 제작. 그는 1959년, 역시 장 가뱅이 주연을 맡은「매그레 반장과 생피아크르 사건Maigret et l'affaire Saint-Fiacre」도 제작함.

1959년 56세 로잔에서 드니즈가 막내 피에르를 출산. 프레스 드 라 시테가 심농이 쓴 몇 안 되는 에세이 중 하나인『프랑스 여성La Femme en France』을 출간함.

1960년 57세 제13회 칸 영화제 심사 위원장을 맡음. 의학 소설『곰 인형L'Ours en peluche』출간.

1962년 59세 드니즈의 하녀 테레자 스뷔틀랭과 연인 관계를 맺기 시작. 그녀는 서서히 그의 동반자 자리를 차지하게 됨. 장 피에르 멜빌이 심농의 동명 작품을 영화화한「페르쇼 가의 장남L'Aîné des Ferchaux」을 제작. 장 폴 벨몽도와 샤를 바넬이 주연을 맡음.

1963년 60세 에샹당을 떠나 로잔 근처의 에팔랭주에 정착.『비세트르의 고리Les Anneaux de Bicêtre』를 출간.

1966년 63세 9월 3일, 네덜란드 델프제일 항에 매그레 반장 동상이 세워짐.

1967년 64세 심농 전집(72권)이 랑콩트르 출판사에서 출간되기 시작. 1971년 영화화되기도 한 작품 『고양이 Le Chat』 출간.

1970년 67세 1929년에 재혼해 조제프 앙드레 부인이 된 어머니 앙리에트 심농이 90세의 나이로 리에주에서 사망. 두 번째 자전적 작품 『내가 늙었을 때 Quand j'étais vieux』 출간.

1972년 69세 마지막 본격 소설 『결백한 자들 Les Innocents』과 마지막 매그레 『매그레와 샤를 씨 Maigret et Monsieur Charles』를 출간. 9월 18일 평소처럼 서류 봉투에 책 제목을 쓴 후 갑자기 이 책을 쓸 수 없다는 것을 깨닫고, 즉시 소설 창작에 마침표를 찍기로 결심.

1973년 70세 더 이상 다른 사람 아닌 자기 자신의 입장에 서기로 결심하고, 녹음기를 장만해 자신에 대해 말하기 시작.

1974년 71세 에팔랭주를 떠나 로잔의 〈라 메종 로즈(장밋빛 집)〉로 이사. 『어머니께 보내는 편지 Lettre à ma mère』 출간.

1975년 72세 스물한 편의 〈구술 Dictées〉 가운데 첫 두 편, 『남다르지 않은 사내 Un homme comme un autre』와 『발자국 Des traces de pas』 출간.

1976년 73세 심농 재단을 설립한다는 조건으로 리에주 대학교에 자신이 소장한 문학 자료들을 기증.

1978년 75세 5월 19일 마리조가 권총으로 자살함.

1981년 78세 마지막 〈구술〉 네 편(『우리에게 남은 자유 Les Libertés qu'il nous reste』, 『잠든 여인 La Femme endormie』, 『낮과 밤 Jour et nuit』, 『운명 Destinées』), 그리고 그의 작품 중 가장 분량이 많은 『내밀한 회고록 Mémoires intimes』을 출간.

1985년 82세 6월 24일 첫 아내 레진 랑솜 사망.

1989년 86세 9월 4일 월요일, 스위스 레만 호숫가, 로잔의 보 리바주 호텔에서 사망.

매그레 시리즈 02 갈레 씨, 홀로 죽다

옮긴이 임호경은 서울대학교 불어교육과 및 동 대학원 불어불문학과를 졸업했고, 파리 제8대학에서 불문학 박사 학위를 받았다. 옮긴 책으로 베르나르 베르베르의 『카산드라의 거울』, 『신』(5~6권), 앙투안 갈랑의 『천일야화』, 알랭 플레셰르의 『도끼와 바이올린』, 로렌스 베누티의 『번역의 윤리』, 스티그 라르손의 『여자를 증오한 남자들』, 『불을 가지고 노는 소녀』, 『벌집을 발로 찬 소녀』, 파울로 코엘료의 『승자는 혼자다』, 가엘 노앙의 『백년의 악몽』 등이 있다.

지은이 조르주 심농 옮긴이 임호경 발행인 홍지웅
발행처 주식회사 열린책들 주소 경기도 파주시 교하읍 문발리 499-3 파주출판도시
대표전화 031-955-4000 팩스 031-955-4004 홈페이지 www.openbooks.co.kr
Copyright (C) 주식회사 열린책들, 2011, Printed in Korea.
ISBN 978-89-329-1502-9 03860 발행일 2011년 5월 20일 초판 1쇄
2011년 5월 25일 초판 2쇄

이 도서의 국립중앙도서관 출판시도서목록(CIP)은 e-CIP 홈페이지(http://www.nl.go.kr/ecip)와 국가자료공동목록시스템 (http://www.nl.go.kr/kolisnet)에서 이용하실 수 있습니다.(CIP제어번호: CIP2011001865)